16,83
DY

G000136104

# Decencia

Álvaro Enrigue

# Decencia

EDITORIAL ANAGRAMA

BARCELONA

*Este libro fue escrito con el apoyo del Fondo Nacional para la Cultura y las Artes y la Fundación Rockefeller.*

*Diseño de la colección:* Julio Vivas y Estudio A
*Ilustración:* «Ojos de María», fotograma de *Enamorada,* 1946,
Gabriel Figueroa

*Primera edición: febrero 2011*

© Álvaro Enrigue, 2011

© EDITORIAL ANAGRAMA, S. A., 2011
    Pedró de la Creu, 58
    08034 Barcelona

ISBN: 978-84-339-7223-1
Depósito Legal: B. 835-2011

Printed in Spain

Liberdúplex, S. L. U., ctra. BV 2249, km 7,4 - Polígono Torrentfondo
08791 Sant Llorenç d'Hortons

*A Valeria*

Me basta ver un pájaro a lo lejos
para hacerlo caer envuelto en llamas.

EDUARDO LIZALDE

LA FLACA OSORIO tenía los ojos hondos, tristes y ase-millados; la voz grave, un poco nasal por el acento amane-rado que se copió de las niñas ricas de la ciudad de México, y una conversación aguda y volátil que había ido fraguando en las farras internacionales a las que había asistido con su hermana mayor, actriz de cine. Lo más visible de su cara era una nariz al mismo tiempo redonda y respingada, toda carác-ter. Tenía los huesos fuertes guardados bajo una piel mate que le quedaba a la medida. Olía a panadería, sobre todo debajo del lóbulo de las orejas y –¿direlo?– entre los pechos. Era alta y delgada, aunque en el mundo de famélicas en el que las taradas de mis hijas están criando a las nietas la hubieran considerado repuesta. Tenía la boca acanelada y en punta, casi una trompa, y en ella se gestaba una saliva fresca y fina, con un discreto dejo picante. La rosa entre sus piernas sabía francamente a pimienta. Era dueña de una espalda acerada en cuyo centro derrotaba la nave de una mancha de Bering; el cordón de sus vértebras descendía sin exabruptos hasta unas nalgas altas y fuertes. Tenía un solo defecto: estaba casa-da con el teniente coronel David Ignacio Jaramillo, mi clien-te, compadre, amigo y protector. La llamábamos la Flaca por oposición a la legendaria distribución de lípidos de su hermana, Reina Osorio, que se había ganado fama de mulata porque saltó a la pantalla de rumbera, envuelta en holanes.

Las Osorio eran de La Resolana, un caserío ardiente montado en el dobladillo de las faldas de la Sierra Madre Occidental, casi en la costa. Cuando las conocí, en un carnaval en el que yo todavía era niño y ellas unas señoritas, aún se llamaban María de la Concepción y Helena.

Volví a encontrar a la Flaca una tarde luminosa en la casa de Guadalajara del teniente coronel; estábamos por empezar con el negocio del tequila reposado. Tomaba el fresco en el corredor con el dueño de la casa cuando ella salió. Llevaba las manos nervudas ocupadas por una charola que sostenía tres vasos. Me saludó como si nos hubiéramos visto el día anterior y puso su cargamento en la mesa de centro, frente a los equipales en los que nos encontrábamos sentados. Tomó vaso por vaso y los llenó del agua que goteaba en una jarra desde un filtro de piedra volcánica estacionado en el mismo corredor. Lo recuerdo como si hubiera sucedido hoy en la mañana: la falda verde oscura dejó desprotegido un tramo de su pantorrilla cuando se agachó por la jarra, luego se dio la media vuelta y, sonriendo como si lo que hacía fuera divertido, sacudió un poco los hombros y se inclinó a servir los vasos, sus clavículas como una promesa.

El teniente coronel y yo nos quedamos callados viéndola servir –no hablábamos mucho de por sí–, él con serenidad de pastor ante la oveja perfecta que dudaba haberse merecido en la tómbola de la vida y yo asombrado por que la nieta de rancheros italianos que había conocido de niño se hubiera transformado en esa suma de embelecos y perfecciones.

Primero le sirvió a él, con una reverencia más bien burlona, luego me tendió mi vaso sonriendo con picardía y dijo: Dichosos los ojos, Longinos, siquiera levántate a saludarme; o es que ya no te acuerdas de mí. El brillo de sus dientes bajo unos labios más oscuros de lo normal me puso los nervios en jaque: no supe si levantarme, tomar el vaso, arreglarme la corbata, quitarme el sombrero o librar la mesa para poder hacer lo que me pedía. Traté de hacerlo todo al mismo tiempo y el sombrero se me fue de las manos. Cayó sobre la mesita de centro, que empujé con las rodillas al tratar de recogerlo; el vaso que iba a ser para ella se estrelló en el suelo. Miró a su marido y con un gesto de las cejas le dijo: Qué amiguitos, teniente coronel, qué amiguitos. Y luego dirigiéndose de vuelta a mí, con verdadera ternura: Siéntese, Longinos, yo lo decía nomás por decir algo; ahorita mando que barran aquí y vengo a hacer la visita; de todos modos me faltaba el vaso de Reina, que ya no ha de tardar. ¿Reina?, pregunté. María de la Concepción –me explicó– se puso un mote artístico desde que se fue a México para volverse actriz. Claro, le dije, recordando que había escuchado decir a mis hermanas que el nombre de guerra se lo había ganado batallando un burdel de cinco estrellas que tenía prestigio de trampolín para las carpas de vodevil.

Decir que María de la Concepción se ganó su seudónimo trabajando la cama suena a denuncia hoy en día, pero las cosas eran distintas por entonces: lo que rifaba no eran los valores de monjas, herederos y viudas de estos años desventurados en que la gente está obligada a tener abogado y dentista. Por entonces nadie se escandalizaba con nada y nadie quería rascar en el pasado reciente de los otros porque desde que se vio que la Revolución iba a triunfar todos le caímos al botín con distintos grados de arrojo. El millón de muertos de la guerra ni trajo la justicia de todos tan temida ni salvó a la patria de lo único que hay que salvarla, que es de los mexicanos, pero canceló por unos años la noción de abolengo y eso fue suficiente para que creciéramos

13

robustos, felices en la botana de la inmoralidad. Las conflagraciones, sobre todo cuando son confusas como las nuestras, tienen una sola lección: el derecho a la infamia es universal e inalienable y el secreto para la supervivencia está en ejercerlo con mesura.

Cuando la mujer regresó al interior de la casa el coronel se sobó la panza con la mano izquierda y extendió la derecha para tomar su vaso. Cada día más guapa, me dijo casi como si le abochornara, antes de dar un trago largo y envidiable. El teniente coronel Jaramillo era bastante mayor que la Flaca, que a mí me llevaba cinco años. Hablaba siempre cubriéndose la boca y no soltaba prenda hasta que se aseguraba con una mirada nerviosa de que nadie más que su interlocutor escuchara lo que estaba diciendo, aun si de lo que hablaba era del cartel de la próxima corrida de toros. Tenía verrugas y buen trato a pesar de su fondo ladino: se había refinado a trancos entre la Escuela Normal a la que asistió de joven y la parte de las corruptelas de la elite revolucionaria que le tocó presidir con inteligencia.

Suave y generoso con los viejos conocidos, tímido y torpe con los nuevos y feroz contra todos a la hora de los negocios, su origen era más bien opaco: antes de la Revolución los Jaramillo no tenían fama. En el campo no hay ricos y pobres como en la ciudad, hay gente con tierra, sin tierra e indios. Los Jaramillo eran sin tierra y el teniente coronel desde muy joven pintó para trepador.

Mi primer recuerdo de él viene de los años en que una débil corriente del marasmo revolucionario que arrasaba al resto del país se las arregló para cruzar el oleaje mineral de la sierra, que nos mantenía aislados cocinándonos lentamente en el caldo grueso de nuestra propia pudrición. Yo debía tener unos doce o trece años, porque ya llevaba encima las responsabilidades de hermano mayor: mi madre –a quien todos llamaban «las Villaseñor» porque su marido le hablaba en plural– se había ido de regreso a la ciudad desde que se sospechó que no íbamos a quedar libres de insurgentes y yo me había encargado de mantener a raya a los niños en lo que pasaba la tormenta. Andrés, el mayor de los hermanos, se fue con ella no en plan de varón de guardia, como habría sido natural, sino en el de marciano de compañía. Ambos eran rarísimos e inseparables.

Mi padre nunca dejó de atribuirle precisamente al teniente coronel que hayamos sabido sobrellevar la derrota de clase que implicó dejar de ser amos de rancho. La bola de la Revolución pasó sobre nosotros igual que sobre todos los demás, pero conservamos la dignidad, nuestra salud, la vida de todos los miembros de la familia y a lo mejor hasta más dinero del que nuestras tierras valían realmente: fuimos los únicos indemnizados con holgura por el gobierno de facto que el autonombrado general Antón Cisniegas instaló en Autlán por esos días.

Las Villaseñor, que nunca vio a un rebelde de cerca –cuatrocientos años de ignorancia, brutalidad y hambre concentrados en un dedo índice que encontró frente a sí el derecho a apretar el gatillo–, siempre atribuyó nuestra supervivencia a que por ser los más ricos fuimos los primeros con que negociaron: después de comprarnos El Limoncito, decía mi madre, se les acabó el dinero que se habían robado en Sayula.

Yo estoy cierto de que el teniente coronel le habló a su superior bien de nosotros: mi padre lo trataba con una distancia digna y rara no porque fuera un hombre que mereciera alguna consideración particular, sino porque así trataba a todo el mundo; los Brumell somos una tribu demasiado acomplejada para la prepotencia. O lo fuimos, porque ya los godos y las vikingas –mis hijos– se creen paridos por unos dioses de los que yo no me acuerdo.

15

Longinos reaccionó con un gesto de satisfacción, casi una sonrisa, al confirmar que las áreas comunes de la casa seguían desiertas. Cerró con cuidado la puerta de su habitación y caminó por el pasillo con tanta ligereza como podía hacerlo un hombre de su edad, los dos zapatos colgando de su mano derecha por la parte interior de los dedos índice y cordial. Cuando llegó a la escalera se los cambió a la izquierda para prenderse cuidadosamente del barandal y bajó lento pero con ritmo sostenido la escalera de lujo inmoral que Isabel Urbina, su esposa, se había obstinado en mandar levantar en el mero centro de la casa hacía más de cincuenta años.

La Paloma –así se llamaba la mansión– había sido el regalo de bodas de sus suegros, los Urbina del Guardo, que le habían cedido a la hija la propiedad con la intención de que nunca tuviera que vivir en la ciudad de México, donde Longinos conservaba, para los tiempos de la boda, el legado de una juventud de millonario: la parte alta de un caserón decimonónico en el que tenía un despacho y un departamento repletos de historias pobres en decoro.

A Isabel le complació la mansión que le regalaron sus

padres, pero le pareció que vivir en una casa con escaleras empinadas y de azulejo no estaba a la altura de sus aspiraciones, por lo que le partió los ejes con una escalinata de mármol más propia del salón de baile de un Club de Rotarios que de la sobria casona –antiguamente de campo– a la que se mudaron una vez que volvieron de su viaje de bodas al pueblo de Barra de Navidad.

Si no hubiera sido tan inocente como lo era en la hora fatal de aceptar el anillo que Longinos le extendió en el altar mayor del Expiatorio, Isabel habría cancelado el matrimonio en la misma Barra de Navidad antes de que se llevara su virginidad. O hubiera asumido en olor a santidad que se había casado con un cabrón de primera línea al que sólo había que cambiarle una vez al mes el saco de lavanda del cajón de las camisas para que se pudiera comer el mundo rapidito y a dentelladas. Pero no lo hizo: entregó el tesoro crudo de su sexo la primera noche en que Longinos llegó sobrio a cenar a la casa de playa sin entender que a hombres como él no se les pregunta nada. No hay que casarse con ellos, pero si una ya cometió ese error, lo que resta es encontrarle el gusto a ser el lugarteniente de un tigre y la madre de una manada de perros; dejarse cubrir de joyas y moverse por el mundo con grasa de dueña de burdel, maniobrar a las criadas, los invitados, el resto de los padres de familia como las tropas que en realidad quieren ser; tener amantes y ser para ellos la loba más hambrienta porque tarde o temprano van a amanecer con un tiro en la nuca y la nobleza en la boca. Pero Isabel ni sabía de eso ni tenía cómo saberlo, así que esa noche o alguna de las que le siguieron quedó preñada del cuerpo y descompuesta del alma: se creyó capaz de levantar una vida convencional al lado de Longinos y al convencerse de ello destapó para sí el frasco de la amargura y lo condenó a él a una medianía que

17

nunca había aparecido en los cálculos vitales de ninguno de los dos. Ambos perdieron.

Longinos se recargó en la Victoria de cobre que coronaba el pomo del barandal a recuperar el aliento. Llevaba más de cincuenta años aborreciendo la escultura, pero nunca se atrevió a demandar su remoción. Luego se sentó en el segundo peldaño —el oído atento a cualquier ruido que viniera de la planta alta— para ponerse los mocasines.

Confirmó que el único sonido en el entorno era el rumor de la cocinera y la criada afanadas en el desayuno y pensó que con suerte podía comerse un par de sopecitos antes de que Isabel se acabara la paz de la mañana con el estruendo de sus pulseras y el insoportable olor a tinte de su melena recién lavada.

La cocinera y la criada lo trataron con la dulce reverencia de costumbre. Aunque Longinos nunca había cruzado con ellas más palabras que las necesarias, los tres vivían en una compleja red tramada por los hilos de la dependencia y el odio a Isabel, de quien se sentían víctimas en distintos grados: las sirvientas la veían como a una tirana sin escrúpulos y el viejo como la áspera cruz que tendría que cargar hasta el último día de su vida, no sabía si por pasado de listo, por medroso o por pendejo.

¿Le sirvo su café?, preguntó la cocinera, que ya tenía dispuesto el desayuno sobre un mantel individual con platos y cubiertos. ¿Si no cuándo?, respondió Longinos, que sin darse cuenta se iba apoyando en los respaldos de las sillas del desayunador para alcanzar su servicio; el aliento ya recuperado, pero la base de la espalda tensa por el esfuerzo de bajar las escaleras en calcetines.

La cocinera puso la taza y un plato de fruta sobre el individual y le avisó que echaba los sopes a la sartén en ese momento. La criada, que no tendría más de veinte años,

18

sacaba platos de las gavetas para llevarlos al comedor. ¿Vienen a desayunar los godos?, preguntó el viejo, mirando a la muchacha con un resto de lascivia que se parecía más a la gratitud que al deseo. Es miércoles, así que llegan en un ratito, le respondió la cocinera. Entonces póngame un poco de leche en el café para irlo enfriando. Le sirvieron los sopes.

A pesar de que hacía décadas que en La Paloma sólo habitaban formalmente Isabel, Longinos y las sirvientas, la casa mantenía intacta su vitalidad gracias a las visitas constantes de la multitud de hijos e hijas que habían sido gestados, paridos y criados bajo sus techos.

La cocinera puso una canasta con un par de croissants a un lado del plato del viejo, que se estaba pasando los sopes a una velocidad inconsistente con las agonías de su sistema digestivo. Después de empujarse el último pedazo de comida, se limpió con la servilleta y pidió que le pasaran de una vez las *tums* porque la salsa había quedado bravísima. Luego atacó los panes.

Apenas había arrancado uno de los extremos del primer croissant para hundirlo en su taza cuando escuchó el golpe de los tacones de Isabel en la duela del pasillo del primer piso. Lo remojó con prisa, se lo metió a la boca y se tragó el resto licuado en una serie de sorbos ruidosos y concisos. Puso la taza boca abajo sobre el plato y se dirigió tan rápido como podía a la puerta que daba al jardín.

La criada ya lo estaba esperando en el umbral con el saco y el bastón colgando del brazo izquierdo y un puño de medicinas –al que se habían agregado de última hora y a la carrera un par de antiácidos– en la mano derecha. Isabel había notado, tiempo atrás, que Longinos sólo se tomaba los medicamentos si los anidaba antes la palma de una mano joven, de modo que había delegado ese trabajo en la empleada de limpieza.

19

A diferencia de otros días, en los que buscaba delicadamente con la lengua el resto de sal que el sudor de la sirvienta hubiera dejado en las pastillas, el viejo se las pasó de tres en tres y se lanzó al exterior poniéndose el saco y pasándose el bastón de mano a mano sin dejar de caminar. Sabía que si se encontraba a Félix en el camino, le iba a pedir que se quedara, y si de algo estaba consciente era de que nunca había sido capaz de desairarlo. El problema no era que le gustara o no hablar con su hijo, sino la falta de nicotina.

Avanzó en línea recta por el borde de piedra que separaba la cochera del jardín en dirección a la puerta metálica de servicio que ningún miembro de la familia, salvo él, utilizó jamás. Antes de virar a la izquierda para alcanzar el umbral de su liberación, bajó los dos peldaños que lo separaban de la cochera y, tomándose con ambas manos del cofre del Ford Falcon azul oscuro, se agachó lenta y dolorosamente. Una vez al nivel del suelo enroscó los dedos de la mano derecha en el filo de la defensa y con la izquierda jaló de detrás de una de las llantas desinfladas una lata de galletas danesas. Agachado como estaba, en parte para no tener que encorvarse dos veces y en parte para mantenerse oculto a la curiosidad de los habitantes de la cocina, abrió la lata —tenía las uñas quebradizas y los dedos levemente inflamados por la artritis— y sacó una bolsa de polietileno cerrada con una liga. La zafó y extrajo con un gusto infantil los restos arrugados de un paquete de Delicados sin filtro. Adentro ya sólo quedaban dos cajetillas, de modo que planeó resurtirse en la miscelánea al regreso de su paseo. Se metió la penúltima de sus raciones de cigarrillos en el interior del saco y cerró la bolsa, le puso la liga, la metió en la lata y la empujó de vuelta tras la llanta.

Estaba contando hasta tres para emprender el esfuerzo supremo de cada mañana —volver a la vertical— cuando escuchó el rugido del coche de un millón de cilindros de Félix estacionándose afuera de su casa. Se quedó como estaba, prendido del cofre, y vio a través de la reja de la puerta principal al mayor y el menor de los godos bajándose del automóvil, hablando entre sí. Ambos bien peinados y arreglados dentro de sus trajes azules y sin chiste de abogado. A pesar de los más de quince años –repletos de vikingas– de diferencia entre uno y otro, los hermanos eran intensamente parecidos: casi ofensivos de tamaño hacia arriba y hacia los lados; lentos e irónicos, ambos pegaban la barbilla al cuello para mirar de frente, como si para enfocar necesitaran hacerlo por una rendija –el gesto insignia de los Brumell Villaseñor, aun si ellos se apellidaban Brumell Urbina.

A partir de que Octavio –el chico– creció hasta alcanzar la talla inesperada de su hermano mayor, la forma más segura de diferenciarlos estribaba en atender a su peinado: Félix con la raya a su izquierda y Octavio a la derecha. Juntos de pie eran una fruta en el espejo. Llevaban entre sí una buena relación, más de conocidos que de hermanos, porque habían sido los únicos varones, por la cantidad de años que separaban sus nacimientos y porque su extraordinaria similitud física hacia afuera era una distancia infinita hacia adentro: Félix era el más Brumell de su camada –acaso el único de los niños al que Longinos había llegado a conocer– y Octavio el más Urbina.

Siempre que los veía así, ajuareados para enfrentar un día, se acordaba de la extrañeza que le despertaban cuando, siendo todos niños, se ponían en una fila larguísima delante de él –a veces le pasaba con las vikingas que no tenía claro cuál era cuál– para que les concediera la bendición antes de irse a la escuela. Era la parte más rara de sus días de padre rico en Guadalajara: doblaba cuidadosamente la hoja de *El Informador* que había estado fingiendo leer para no tener que hablar con Isabel y les iba haciendo la señal de la cruz en la frente desde la santidad de su bata. Ellos le besaban la mano, tal como había hecho él con su padre en su remota infancia y seguramente como su padre hizo con el suyo ya en el periodo en el que el siglo XIX se revuelve. Cuando terminaba el ritual, incómodamente largo, ya no tenía ganas de seguir con la pantomima de la lectura, por lo que le daba las gracias a quien le hubiera servido, se levantaba y se metía al baño a tallarse con vigor y sin culpa la mano tan besada. Luego se aliñaba con tanto cuidado como fuera necesario para que al salir Isabel ya se hubiera ido a cualquiera de las funciones sociales que atiborraban su agenda.

En cuanto los godos salieron de su rango de visión para dirigirse a la puerta principal de La Paloma, volvió a contar hasta tres y dio el estirón. Oyó el lento rechinido de los huesos de su cadera. El sonido, casi un clamor, era la única evidencia más o menos cuantificable del inmenso trabajo que le tomaba diariamente a su espalda volver a una posición erecta. Jalaba y el resto de su cuerpo entraba en un trance felino en el que los ojos se le llenaban de luz y las cavernas del sistema nervioso de un placer cercano al orgasmo que se iba dilatando hasta transformarse en el dolor feroz de un desgarrón de todos los músculos que hay entre los omóplatos y las nalgas. En los instantes justo anteriores a la derrengación de su espalda, repetía para sí las palabras que le había escuchado a su hermano Andrés después de inyectarse una ampolleta de morfina: la lucidez, la lucidez, la lucidez. Se las había escuchado en la única ocasión en que lo admitió en su palacio draculeo de la ciudad de México, ya en el umbral de la muerte.

Era tan intenso y tan brutal el acto de levantarse del

suelo, que Longinos organizaba sus actividades diarias de modo que le diera tiempo de fumarse los dieciocho Delicados de la cajetilla antes de volver a casa, para no tener que agacharse de nuevo para guardarlos.

Tomó su bastón, se dio una nerviosa media vuelta, confirmó que no había nadie en la ventana de la cocina, se palpó la cajetilla de Delicados en la bolsa interior del saco y se lanzó hacia la puerta exterior del jardín. Al alcanzarla se metió la mano en el bolsillo del pantalón, sacó un juego de llaves y lo sacudió nerviosamente hasta dar con la que descorría el cerrojo. La metió, le dio vuelta y, apoyándose con un hombro en el metal, jaló con la otra el pasador –el bastón atorado en el sobaco. La puerta cedió con un rechinido que hubiera preferido que no existiera, pero que no importaba realmente porque sabía que una vez fuera de la casa ya nadie trataría de retenerlo.

Salió y al darse la media vuelta para cerrar tras de sí notó que Félix lo miraba con un sentimiento entre la piedad y la nostalgia desde la ventana del comedor, hablando con Isabel, que o no lo veía, o no lo quería ver, o ya se había acostumbrado a no verlo. Cerró.

LAS VILLASEÑOR LLORÓ el día en que llegaron las noticias de que Porfirio Díaz se había ido de México, no porque se largara –nunca pasó el dictador de chinaco en las sobremesas del rancho–, sino por la claudicación que significaba que de todos los lugares del mundo en que se podía exiliar hubiera elegido Francia. El general que le hizo la vida imposible a Napoleón III, repeló, yendo a morir a París. Don Porfirio siempre sabe lo que hace, respondió mi padre. Es como si Miguel Hidalgo se hubiera ido a pasar unos meses a Madrid para descansar de la Independencia, insistió ella, ganando, como siempre, el punto. Luego hubo un par de años casi de paz, pero al final empezó una guerra de verdad que nunca entendimos cabalmente. Fue entonces cuando las Villaseñor decidió regresarse a Guadalajara, de donde mi padre la había mandado traer tras la boda. Fue por eso que yo terminé encargándome de los niños con la mano de hierro que sólo puede cargar alguien sobre sus iguales.

Autlán está en las orillas del mundo, así que el arribo de los revolucionarios no registró el aire épico que luego supe que había tenido en regiones más céntricas. Nuestros rebeldes eran más bien grupos de bandidos que se aprovecharon de la situación para ir matando de a poco y sin concierto a la autoridad de por sí escasa que teníamos en el pueblo. Entre un asalto y otro les daba hambre, así que se cargaban a las vacas y se las comían; si alguien trataba de impedirlo, lo llenaban de plomo sin concederle la dignidad del fusilamiento.

En una ocasión mi padre los sintió pasar por la noche y mandó al caporal para que fuera a ver qué sucedía. Escuchamos los tiros. El cuerpo del ranchero cuajado de zopilotes al día siguiente fue mi primer muerto. Para entonces ya tenía semanas que las Villaseñor se había ido, así que me sentí en la obligación de velar yo mismo el cuarto en el que juntaron a todos los niños y la nana. No vamos a armar a los peones, dijo mi padre cuando me tendió un arma esa misma tarde, porque sería meter la Bola a la casa; de ahora en adelante somos tú y yo contra toda la indiada.

Aunque nos estaba tocando una cuota de desorden más bien baja, era suficiente para que siempre hubiera agitación en el valle, perceptible para mí en los invitados del rancho: un terrateniente amigo de mi padre que se quedaba para evitar andar solo en la oscuridad; un politicastro suplicando fondos para armar a una nueva cuadrilla de guardias; una familia que ya se iba a Zapotlán y pasaba a preguntar si se ofrecía un encargo; un oficial del Ejército Federal, amigo de algún amigo de la familia, que había tomado un desvío para llegar a Manzanillo sin utilizar vías ocupadas por rebeldes. Cada invitado traía nuevas y más truculentas historias sobre lo que los revolucionarios, que en mi mente de chícharo ya tenían todos los defectos de los piratas de Salgari y ninguna de sus virtudes, le hacían a la gente como nosotros. Un día, un cura que quién sabe por qué se estaba quedando en casa —no era de creyente la fama de los Bru-

25

mell en la región a pesar de los esfuerzos de las Villaseñor–contó que un jefe rebelde había mandado empalar a todos los católicos de Guaymas. Mi padre, que era un hombre de piedra, respingó en su silla. Lo miró con asombro y preguntó: ¿Todos? Todos, respondió el clérigo. Pero si en Guaymas sólo hay católicos, como en todas partes. Pues no dejó un alma, dijo el invitado, antes de emprender la más dilatada descripción de lo que le sucede al interior de un cuerpo humano una vez que es abandonado a la gravedad y la estaca. El asunto me produjo pesadillas y tal vez habría terminado por volverme loco de no haber sido porque un día lo saqué a colación regresando de una de las prácticas de tiro con que mi padre me entretenía por las mañanas. Él ni siquiera entendió de qué le estaba hablando hasta que le recordé la historia de los empalados de Guaymas. Se me quedó viendo con la mirada bovina que caracteriza a la perfección la lentitud y maldad de nuestra inteligencia del mundo y dejó salir un poderoso soplido nasal que en su caso era la representación de la risa. Me dijo algo que no entendí: Ese curita de lo que anda pidiendo limosna es de que lo empale un bravo. Y un consejo que nunca he olvidado y me ha hecho, si no feliz, cuando menos acaudalado: Óyeme bien, Longinos, si un día tienes que elegir entre un cura y un revolucionario, no dudes en venderle tu alma al demonio de cananas.

Tuve acceso a la perversidad del cura y otras conversaciones porque en mi novedosa calidad de recién ungido Príncipe de los Niños tenía derecho a no entender lo que decían los adultos cenando en la mesa grande. Mis privilegios se terminaban en el momento en que la nana salía de la cocina y avisaba que los escuincles ya habían terminado su cena y pedían la bendición para pasar buena noche. Mi padre entonces cruzaba una mirada conmigo. Hoy entiendo que me estaba mandando también a la cama, pero yo la interpretaba como la señal de que comenzaba mi turno.

Me levantaba de la mesa, y relevaba a la nana del trabajo de sostener abierta la puerta de la cocina: ella tenía que adelantarse a preparar las camas, más si entre los invitados había niños de otros. Entonces mis esclavos pasaban al comedor en fila india, más hormiguiles que nunca bajo mi estricta vigilancia, y se plantaban frente a mi padre, que les hacía la señal de la cruz en la frente y les deseaba que soñaran con los angelitos. Yo cerraba la cola investido por el poder descomunal de mis pantalones largos y, ya bendito, los escoltaba hasta la puerta del corredor, de cuyo perchero colgaban mi carabina y mi sombrero y donde estaban obligados a esperarme, seguramente aterrados de que la utilizara contra ellos dada la falta de revolucionarios. Me terciaba el arma, me cubría la cabeza y me asomaba al patio para confirmar que la noche no hubiera dejado un invitado indeseable. Entonces les permitía pasar de uno en uno y los seguía, alerta en el frío del exterior, hasta el galerón que se había acondicionado para que cupiéramos todos.

Era entonces cuando el pantalón largo me pasaba la factura del miedo. Me sentaba en el sillón y acomodaba el arma frente a la ventana. Mientras los niños se hundían en sus cotilleos mantenía en la mirada la dureza de los que son responsables de muchas vidas, pero apenas la respiración del último en quedarse dormido se acompasaba con los densos ronquidos de la nana, comenzaba a pedirle a Dios que por lo que más quisiera esa noche no viniera nadie a empalarnos. Había un momento, nunca definido frente a las coordenadas del mundo —una hora, un ruido, un astro—, en el que me quedaba dormido. Cuando la primera luz del día aliviaba mis pesadillas me descubría bien tapado en el sillón; la carabina asegurada adentro del ropero.

Durante una de mis primeras noches de guardia no pude más con el miedo, me volví a vestir y salí de vuelta al comedor con la excusa de que la nana no me dejaba dormir con sus ronquidos. A mi padre le dio risa verme aparecer desencajado y me permitió quedarme hasta que los adultos se fueron a la cama. Fue esa noche cuando conocí al teniente coronel, que había llegado tarde porque venía desde La Resolana, donde era el maestro único de un tejabán en que se juntaba a los niños para que dejaran trabajar en paz a la peonada. Por entonces ya se sabía que era el más despierto de sus hermanos y que si había terminado en una ranchería tan en el culo del universo se debía a que andaba cargando ideas raras desde que había vuelto de la capital del estado con su grado de maestro.

No mostraba el teniente coronel por entonces los signos de decadencia con que ya lo había marcado el bienestar cuando muchos años después hicimos toda clase de negocios, todos más o menos turbios, casi todos propuestos por mí con la intención de pasar un tiempo cerca de su esposa. De joven –tendría unos veinticinco años cuando lo vi por primera vez en la hacienda–, era un hombre correoso, de pelo bravo, camisa arremangada y pantalones de obrero. Durante la cena le hizo honor a su prestigio de valiente y radical: no sólo llamaba generales a los mugrosos que salieron de la nada y terminaron, de acuerdo con sus pronósticos, conquistando el país; defendía principios que hoy forman parte del sentido común pero que, en casa de un terrateniente con más inseguridades, hubieran conducido a los plomazos.

Al parecer el maestro Jaramillo no le pareció lo suficientemente peligroso a mi padre: lo escuchó con curiosidad de naturalista y lo único que se permitió para vejarlo fue nunca dejar que su caballito de tequila quedara vacío.

Yo había crecido viendo y escuchando de cerca a un tumulto de borrachos en el toro de once del carnaval, pero nunca había tenido la oportunidad de contemplar tan detenidamente y sin distracciones el progresivo desarreglo de una personalidad. Me gustó que los adultos guarden a un niño ciego que se alza y gobierna cuando el alcohol le suelta la correa.

No hubo ni desfiguros ni exabruptos, pero al día siguiente una de las criadas –respaldada por el ranchero más tenebroso al alcance– lo corrió de la casa muy temprano y sin un desayuno que le aliviara la resaca. No volvimos a saber de él hasta después de perder el rancho, pero se rumoraba que de la casona se había ido a Autlán y de ahí había cruzado la sierra para conseguir el apoyo de los auténticos revolucionarios en favor de los alzados del pueblo, a los que terminamos por encontrarnos al poco ya hechos un pelotón regular de la rama occidental del Ejército Constitucionalista.

Estoy cierto de que nuestro día fatídico fue un sábado porque era cuando mi papá visitaba en el pueblo al doctor Garmella, su amigo de toda la vida; viudo, borracho y mujeriego. Como siempre, salimos del rancho antes del amanecer. Mi padre dijo después que se había sospechado que algo estaba pasando por el nerviosismo de los caballos al ensillarlos durante la madrugada, pero yo no lo recuerdo, concentrado como estaba en gritonearle órdenes insensatas a los esclavos.

Desde el asesinato del caporal todas las actividades familiares que involucraban dejar nuestra tierra se desarrollaban respetando una formación estricta que a mí me parecía militar: la calesa se quedaba en casa y el avance, en lugar de apelotonado y conversador, se hacía en fila atenta. Mi padre avanzaba hasta adelante, luego seguían los esclavos de dos por caballo, después la nana y al final yo, la carabina en las piernas y la mirada de águila en lontananza. Salíamos antes del alba para poder estar a las once en punto –la hora en que se servía la botana en Autlán hubiera toro o no– sentados en los equipales del corredor de la casa del doctor. Progresábamos por los linderos del rancho, las huertas del vecino a la vista, cuando escuchamos la primera detonación. Mi padre detuvo a su animal y los demás nos amontonamos en torno a él. Hubo un último momento de calma durante el que lo vi otear con los ojos casi cerrados. Entonces se desató la balacera más feroz –nuestro estruendoso pasaporte a la Historia– que se hubiera registrado en Autlán de la Grana e inmediaciones.

Resultó, supimos cabalmente más tarde y de la forma más traumática, que un jefe de la sierra había bajado al valle para incorporarlo al territorio bajo su control. Se llamaba Antón Cisniegas y eventualmente también se convirtió en mi cliente y hasta mi compadre. Como lo encontró todo en relativa paz, se apostó en un cerro a esperar a que los irregulares se le fueran juntando por goteo. Nadie se dio cuenta de lo que estaba pasando –los revolucionarios menores solían venir tan pardos por los polvos del camino que se confundían con la tierra– hasta que, una vez congregado todo el grupo rebelde, bajó y tomo el pueblo pacíficamente, haciendo de la presidencia municipal su cuartel general y centro de recolección de impuestos de guerra. Alguien pudo escapar de su aro y cabalgó montaña arriba para conseguir el apoyo de los federales. Esta vez sí nos escucharon y los pelones, idénticos los unos a los otros gracias a la extravagancia de ir uniformados, bajaron por primera vez al territorio que siempre nos habíamos enorgullecido por defender en solitario.

A los federales les pasó en la guerra lo que a un marido

guapo: aunque las tiene todas consigo, su legitimidad lo vuelve un blanco nítido y deseable; ganarle una escaramuza deja un gusto a epopeya. Bajaron a Autlán bien munidos, en formación gallarda y con los pendones en alto, lo que produjo que los revolucionarios se retiraran hacia el occidente a esperarlos bien cebados de fruta recién arrancada en las huertas de los ranchos. Los pelones ya tenían la suficiente experiencia para saber que la guerra consistía en tomar los pueblos que dejaban los rebeldes y luego defenderlos hasta donde fuera posible, pero las fiestas que le hicieron a su comandante los terratenientes y comerciantes del pueblo fueron tantas que –contra la voluntad de su tropa– hizo la hombrada de emprender una persecución al poco de haber recuperado la plaza. Nosotros no sabíamos nada de todo eso, así que alcanzamos en perfecta inocencia los bordes mismos del campo de batalla.

Una vez que las detonaciones ganaron consistencia ensordecedora mi padre ya ni se la pensó: le dio media vuelta a su caballo, jaló las riendas del que le seguía y pasó junto a mí balbuceando maldiciones que sólo le había escuchado a la peonada. Yo me quedé un momento congelado, presenciando la materialización de mis pesadillas en una alzada de polvo y humo. El mundo, su historia, la vida misma en el brillo de su mayor esplendor –el combate– me habían ido a alcanzar en el lugar más anodino imaginable: un campo de sandías a los trece años. Tuve entonces la intuición de una paradoja que he venido a comprender de viejo: vivir es una ebullición de intensidad sostenida aun en los periodos en que se pretende estar en paz, pero eso sólo se entiende cuando uno se descubre de boca en la muerte. Frente a mí estaba todo lo que se puede aprender y lo único que hice fue cerrar los ojos y correr para el otro lado. Todavía hoy, cuando pasan por la televisión cortes de alguna de las mu-

31

chas películas que se filmaron durante la Revolución, pienso que pude haber visto una de sus batallas –menor, pero batalla– en directo. Me faltó sabiduría para entretener su belleza; o tuve miedo, que es otra forma de decirlo.

Espoleé el caballo y alcancé a mi padre y mis hermanos, que corrían desbocados de vuelta al casco. No creo que nadie nos haya tirado –bastante ocupados estaban los unos con los otros– pero estoy seguro –lo recordaba también Juan, el mayor de los esclavos– de que las balas pasaban zumbando en las cercanías de nuestras lerdas cabezas de burgueses de ranchería. Ya bien adentro de El Limoncito mi padre se dio cuenta de que las posibilidades de que volviéramos completos estaban directamente relacionadas con el tiempo que pasáramos a descampado, de modo que viró en un recodo del camino rumbo a un campo de caña crecido como para hacernos invisibles. Nos fundimos entre el verdor filoso.

Siguiéndolo a ratos con trabajo, llegamos hasta un tejabán en el que se beneficiaba jugo de caña para luego destilarlo en forma de aguardiente. Desmontamos y gritó que nos tiráramos al suelo, primero a contar si estábamos todos y en qué condiciones y luego a pensar qué podíamos hacer para mejorarlas o siquiera hacerlas sostenibles. Ya que se aseguró de que no faltaba nadie salió a espantar a los animales, que con sus relinchos aterrados iban a terminar por denunciar nuestra ubicación. Se fueron corriendo de vuelta a las caballerizas una vez que se sintieron libres.

El beneficio de caña no era un ingenio como el que pusieron años más tarde en lo que habían sido nuestras tierras. Consistía en una techumbre de madera con tres paredes de tablones podridos. Adentro había un molino más bien reducido –el aguardiente se le vendía nada más a nuestra peonada– y un tiradero de bagazo, la mitad en plena descomposición. Olía a vómito y había una cantidad espantosa de moscas, las más panteoneras, aunque también de las que mordían. Tardamos en acostumbrarnos al olor y los bichos, que estuvieron jodiendo sin parar durante las veinticuatro horas que duró el combate. Hubo un momento atroz en que todos los esclavos se pusieron a llorar al mismo tiempo porque los pantalones cortos y las faldas blancas divinamente almidonadas no ofrecían suficiente protección contra los mordiscos de los insectos. Mi padre trató de callarlos apelando primero a la razón: entre los federales y nosotros estaban los revolucionarios, que si se retiraban un poco más no tardarían en encontrarnos, sobre todo si hacíamos tanto ruido. Como no reaccionaron empezó a repartir cachetadas —yo le ayudé con los más chicos— y la lloradera se puso peor. Al final dio un grito que metió en acción a la nana, que había estado nomás temblando de miedo sin hacer nada: pasamos rapidito al gimoteo y de ahí a la resignación.

De la casa habíamos salido con balas suficientes para resistir el asalto de un grupo reducido de maleantes, pero no para defendernos de un cuerpo militar. No llevábamos comida porque íbamos a llegar a ponernos tontos de botana a casa del doctor Garmella y el agua de las cantimploras nos duró un suspiro. Los caballos se habían ido, así que no podíamos beneficiar un poco de jugo de caña para beberlo y mantenernos más o menos satisfechos gracias al azúcar. La cerrazón de los balazos, si variaba, era para endurecerse. Estamos jodidos y todavía no dan las ocho de la mañana, me dijo mi padre después de su primer triste recuento, mientras pelaba la primera caña para que nos la chupáramos.

Cuando empezó a caer la tarde sin que se vieran señales de que fuera a aminorar la intensidad del combate me tendió su pistola y el pañuelo en que guardaba las balas y

33

me avisó que ése era el momento en que me tocaba hacerme hombre: Apenas oscurezca voy a caminar al casco, dijo; tú vas a encargarte de que todos tus hermanos estén vivos y descansados cuando regrese con ayuda, o comida, o lo que sea. El terror a ser abandonado a la noche en descampado y a tiro de piedra de un grupo de empaladores fue suficiente para que perdiera mi dignidad y le suplicara quedarse. No hay de otra, dijo: las niñas, con lo malcriadas que las tiene la nana, no van a avanzar en pelotón y al garete seguro nos bajan a un par. Luego se quitó el sombrero, se rascó la cabeza y viendo el cielo que ya estaba cuajado de zopilotes esperando un momento de calma para bajar a darse una cena, me preguntó, como si hubiera habido modo de que yo supiera: ¿Y de dónde sacarán tantas balas estos cabrones?

He visto cosas tan tristes como los ojos quebrados de una mujer que se acaba de dar cuenta de que ya se fue a la chingada, pero fue de la espalda de mi padre hundiéndose en la oscuridad de la que aprendí que el valor es el último rescoldo del corazón humano: lo que nos queda cuando ya no hay nada más que el nervio del silencio. Le rogué que no se fuera, caí de rodillas, me abracé de sus botas. Frunció el bigote para expresar lo irremediable del caso y me dijo que no fuera sonso, que volvía al rato. Lo vi perderse y me quedé postrado, afuerita del tejabán, quién sabe cuánto tiempo; suficiente, en todo caso, para hacerme pipí: cada detonación en el campo un apretón de esfínteres. Empezaron a caer unos goterones en el polvo que no terminaban de madurar en lluvia. El golpe del agua en la nuca, la cabeza, la espalda, me sacó de las miserias de la autoconmiseración y me permitió descubrir que había algo de triunfo en el hecho de que el destino de toda la prole estuviera por primera vez depositado exclusivamente en mis manos. Me levanté y al ver que había alguien de pie las niñas empezaron a llorar: estaba bajando la temperatura. Le sugerí a la nana que atara toda la ropa que llevábamos para el domingo formando una sola cobija para taparlos a todos y lo hizo sin rezongar, como si el plan hubiera sido razonable y mi padre hubiera dado la orden. Me puse el sombrero, me tercié la escopeta, me clavé el revólver al cinto y jalé del montón de esclavos a Juan –el que seguía de mí hasta que se murió hace unos años–, para que apilara un muro de bagazo que tapiara el espectáculo de los niños dormidos durante las guardias que venían.

Ahora no soy más que una flor marchita y prisionera, pudriéndose en el pozo de mierda que es la ciudad de México, pero tuve mis años gloriosos de calavera en los que la luz del sol me parecía un privilegio de timoratos. Creo que mi pasión por la noche y mi habilidad para sobrevivirla indemne, o cuando menos sin más cicatrices que las que deja un uso fiero y constante del cuerpo, vino de aquella madrugada.

Haber obligado a Juan a hacerme compañía fue un acierto: la oscuridad y el frío calan más si uno piensa en ellos, además el cabronzuelo traía un paquete de cigarros y decidió compartirlos conmigo dado que le estaba brindando el honor de darse un desvelón armado. ¿Y eso?, le pregunté en un susurro cuando, ya dormidas nana y niñas, sacó la cajetilla y la sacudió con gran estilo para sacar el primero con la boca. Hace años que fumo, me dijo. Pero si tienes doce. Ya ves. ¿Dónde aprendiste? En la cocina. Ándale, dame uno, ordené con aplomo, como si yo fuera de regreso por donde él apenas estaba yendo. Nomás no le des el golpe, me dijo con genuina caridad después de verme la cara tras la primera calada; con el aire tan frío, completó, te puede dar tos.

No fue ésa ni la primera ni la última ocasión en que Juan me salvaba de mi arrogancia, pero sí en la que me di cuenta de la pureza paulina de su generosidad: intuía desde muy chico que son las limitaciones y no las virtudes las que nos constituyen; traía de nacimiento lo que se necesita para ser un borrachales.

Juan siempre fue más despierto y diestro que yo en la mayoría de las lides vitales y nunca me lo hizo sentir. Se lo dije en nuestra última conversación, él ya amarillo y en la cama de hospital en que fatalmente le bajaron el switch. El amor, me dijo, todo lo espera, todo lo soporta. No entiendo, le dije. Al decidir que volverías con tu esposa después del episodio de la Flaca Osorio, me respondió, te ganaste el cielo y mis respetos. Yo no decidí nada en ese caso, le dije, fue la pura vida llevándome sin misericordia, pero ése no es el punto; eras generoso conmigo desde antes. Es que era obvio desde chico que pertenecías a la clase de pendejos que dejan ir a la mujer del siglo. Ya, dije con la resignación que no me ha soltado desde el día en que me deshice de ella. Y además siempre viste por mí cuando te necesitaba más, agregó para hacerme sentir bien, como si no fuera él quien necesitaba consuelo en ese momento. Aunque también en eso tuvo razón: si en sus muchísimas horas felices de soltero empedernido hice lo imposible por que se lo llevara el carajo, en las duras, que no fueron pocas, siempre le di el dinero que necesitaba para regresar a la superficie.

Terminando el primer cigarro nos parapetamos en el cerro de bagazo, viendo hacia el campo de batalla. Cada tanto escuchábamos a distancia preocupante los pasos de un pelotón de revolucionarios. Hubo un momento, el peor, en que podíamos notar el fogonazo de los rifles entre el cañaveral. El ruido de las detonaciones era tan intenso que las niñas nada más abrían los ojos, sin atreverse a llorar. En un momento determinado Juan se quedó dormido. Le saqué la cajetilla de cigarros de la bolsa de la chaqueta y dediqué el resto de la noche a reconocer entre las explosiones los gemidos de los soldados que pedían un tiro de gracia. Juan me despertó en la hora en que el frío aprieta porque ya va a salir el sol, jalonándome una de las mangas del saco. Las detonaciones se habían disuelto entre los dedos de la aurora. En cuanto cobré conciencia me dijo que no me hubiera levantado de no ser porque era un ratero. Lo dijo mientras encendía un cigarro con un aplomo definitivamente inopinado en un fumador de doce años. Me tallé la cara y le pedí otro. Me tendió el paquete y los cerillos. Ladrón que roba a ladrón, le dije mientras sacaba uno, tiene cien años de perdón. No me los robé, me dijo. ¿Entonces? Me los dio Altagracia. ¿Altagracia te enseñó a fumar? Lo pregunté con el airecito de seguridad de los idiotas que creen que moverse entre varones es entender el mundo. No es lo único que me ha enseñado, respondió. Para cuando llegó mi padre, cabalgando a todo ruido entre un grupo de terratenientes armados hasta los dientes, Juan se había vuelto a dormir, las niñas estaban haciendo pasteles de lodo y yo no dejaba de preguntarme en dónde había estado en lo que mi hermano lo aprendía todo de la vida, de la que yo no sabía ni siquiera lo que se podía aprender.

Fuimos de regreso al rancho escoltados fieramente y convencidos de que los federales habían ganado: nuestra vida sería idéntica a sí misma a partir de esa tarde. No teníamos manera de saber, dado que todas las comunicaciones con el pueblo estaban cortadas, que los dilatados esplendores del siglo XIX ya se habían apagado para nuestra familia.

La verdad es que, a pesar de que la intensidad de los rumores sobre los triunfos revolucionarios debió habernos servido de advertencia, nadie en nuestra clase podía ni siquiera concebir un mundo en el que los pobres se apoderaran de la tierra. Simplemente no teníamos las categorías mentales para imaginar que, como dejó escrito un indio sin nombre después de la caída de Tenochtitlán en manos de los conquistadores, nuestra herencia era una red de puros agujeros.

Entramos a la casona sucios y pestilentes, pero contentos. Lo único más o menos anormal, según recuerdo, fue que pusieron a calentar agua para bañarnos de inmediato, cosa que en un domingo común y corriente hubiera sucedido hasta el otro día, cuando la maquinaria de la servidumbre ya estuviera trabajando a todo vapor. No llegué despierto ni a la cena de los niños: comí en la cocina mientras los platos iban saliendo del fogón para poder ser el primero en el baño: me urgía entrar primero que nadie a la tina, que en esa época se llenaba una sola vez para que la usaran todos.

Me lavé con una parsimonia criminal, volví a la cocina, me tomé un vaso de leche con miel para asegurar que no me diera gripa y me tumbé en mi cama. Perdí la conciencia inmediatamente y me hubiera seguido hasta la mañana siguiente —nunca valoré como en esos días la suavidad de mi cama en el rancho— de no haber sido porque en la mitad de la noche uno de los peones de confianza de mi papá me fue a despertar.

Y ahora qué, le pregunté. Me dijo: Tu tata te quiere en el comedor ahorita mismo, para que testifiques la venta. Qué venta, le pregunté. Me irritaba que un peón y no la nana o mi padre me levantara, pero sobre todo que me hablara de tú. La de El Limoncito, me respondió, tú tienes que firmar porque nadie de los revolucionarios sabe escribir. ¿A poco quedaron revolucionarios vivos? Todos, contestó, y ya ajusticiaron a los pelones que no quisieron pasarse de nuestro lado. ¿Nuestro lado? Ese mero. No puede ser, le dije, y frunció la boca afirmando con la cabeza. Así como lo oyes; yo me voy a quedar con ellos ora que se vayan. Que se vayan quiénes, volví a preguntar. Tu papá y ustedes, me respondió. No estaba entendiendo nada, pero lo ominoso que traslucía entre la información fue suficiente para terminar de despertarme. Y adónde vamos, le pregunté tallándome los ojos. A donde vayan los ricos cuando se los chingan los pobres. Ta bien, dije, y salí de la cama para vestirme.

YA FUERA DE La Paloma, Longinos volvió a respirar y pensó que el aire de Guadalajara tenía un olor placentero, pero que, dijeran lo que dijeran sus hijos, nunca se iba a comparar con el aire diafanísimo y helado de los amaneceres de la ciudad de México. Es un aire que te baja lo que sea, le había dicho a Félix en alguna ocasión, mientras discutían el asunto viendo un partido del Club Atlas contra un equipo capitalino desde el palco de los Urbina en el Estadio Jalisco. Eso lo dices, le respondió Félix, porque no has ido a México en décadas; no te imaginas lo repugnante que se ha vuelto la ciudad. ¿Y Guadalajara está reina?, le preguntó. No, pero siquiera es habitable. Eso sólo lo puede decir alguien sin memoria ni elegancia, respondió el viejo; cuando eras niño a esta ciudad le quedaba un resto de señorío provinciano, pero desde que se agringó es un gallinero. ¿Cómo que se agringó, tú qué sabes de Estados Unidos, si ni has ido nunca? Ni Dios quiera que vaya, ya tengo bastante con vivir a la vuelta del Consulado. Ahí está. Ahí está qué. No sabes ni cómo se ven los Estados Unidos. Cómo no, tengo tele. Y la ves toda la noche sin parar. La otra es ver a tu madre, que está más agringada que Puerto Rico. Eso sí.

40

Avanzó con calma, respirando hondamente el fresco que quedaba en el aire como registro de la humedad nocturna acumulada en los muros centenarios de La Paloma. Cruzó la calle con menos cuidado del que debía. Ya en la esquina contraria se detuvo, volvió a recuperar el aliento y recargó el bastón en una caja de líneas telefónicas. El mundo libre de las tenebras de su familia le inyectaba un nuevo vigor y cierta altura. Se llevó la mano a la bolsa del saco, extrajo el paquete de cigarros, lo abrió con los movimientos imprecisos de la ansiedad y encendió el primero, que se fumaba diario caminando por la misma cuadra.

Su vida era asfixiantemente parecida a sí misma. Se levantaba temprano, después de haber dormido cuando mucho un par de horas tras del fin de la última película de la programación —casi siempre rusa y en blanco y negro. Se metía al baño, donde se limpiaba las secreciones con una toalla húmeda. Creía en el talco, así que se lo aplicaba con generosidad en la alfombra de arrugas, pecas y pelos que quedaba donde había estado alguna vez su piel; entonces pasaba al vestidor.

Salir de la habitación sin corbata le parecía un atentado, así que se arreglaba de los calcetines a la cabeza —la criada le dejaba la ropa del día en el perchero— y bajaba a desayunar. Por lo regular lo podía hacer con calma, echándole un ojo apenas curioso a la primera plana del periódico, que nunca ni siquiera levantaba de la mesa. Los miércoles y los viernes había godos y vikingas respectivamente para el desayuno, de modo que comía más rápido. Luego se escapaba a fumar siguiendo una ruta fija: el primero en la caja de teléfonos de la esquina de su casa, en Libertad y Atenas, el segundo después de seguir toda su calle y saludar al guardia del Consulado, el tercero y el cuarto en dos bancas sucesivas del camellón de la avenida Chapultepec, donde su circuito diario marcaba la primera vuelta a la izquierda. Ahí a veces se sentaba con él algún otro jubilado o alguno de los vagabundos que sabían que regalaba tabaco. Luego caminaba hasta Vallarta, y daba otra vuelta a la izquierda. En Argentina se metía a una cafetería en la que tomaba una cocacola acompañada de tantos cigarrillos como cupieran entre un trago y otro. Se levantaba y caminaba hasta el parque de la Revolución, donde repetía, entre estudiantes de pinta y amantes con el horario descompuesto, la rutina de la banca del camellón de Chapultepec. Si le quedaba energía, iba hasta un restorán del Jardín del Carmen, donde se veía con otros dos viejos tan afantasmados como él: un ex alcalde de Guadalajara que nadie se había enterado de que no había muerto y el antiguo dueño del Club Atlas. Generalmente se les unía algún otro viejo que derivara hacia allí con la esperanza de que la tarde le doliera menos.

Longinos se bebía un vermouth llegando, luego se comía algo entre ligero y triste y después del café feroz que se ofrecía en el local se despachaba dos o tres whiskys, más atento al paso de la gente que a las necedades de sus amigos. A menudo ahí se le terminaba el día: a las cuatro o cinco de la tarde subía por 8 de Julio o hasta Libertad, sobre la que caminaba de vuelta a casa. En las tardes buenas, que no obedecían a ninguna regla, pasaba a recogerlo al restorán el chofer del ingeniero Balassa, que con los años llegó a figurar en las listas de criminales más buscados del FBI con el seudónimo de El Señor de las Matas.

Longinos había mantenido durante muchos años una oficina de representación, equipada con dos secretarias y un abogadillo en el centro de Guadalajara y otra en el departamento que había sido su leonera en la colonia Roma de la ciudad de México, pero para mediados de los años sesenta ya había perdido la energía y los contactos que lo habían mantenido activo durante todo el siglo, así que instaló su despacho en La Paloma sin pensar que al elegir esa vía lo que estaba haciendo en realidad era entregarle su resto a Isabel en charola de plata. Nunca hizo negocios con políticos locales.

El ingeniero Balassa era un argentino en el exilio que administraba con una mano la universidad de la que llevaba años siendo director académico y con la otra toda la producción de marihuana de Colima, Jalisco y Nayarit, además de ser el hombre con el que había que hablar si lo que se necesitaba era apaciguar o proveer de armas a alguno de los grupos radicales que florecían entre la Sierra Madre Occidental y los sótanos universitarios de todo el occidente del país.

Longinos había preferido siempre negociar con el gobierno de la República, menos dado a la traición que el del estado de Jalisco. Las mareas en el centro del país cambiaban con la suficiente tersura institucional para que todo el mundo tuviera tiempo de reacomodarse exactamente donde había estado antes. En Jalisco no era inusual que la disputa por un presupuesto se resolviera con la presteza genial de los balazos, por lo que inversiones de años se podían ir al traste de un día para el otro. Además en Guadalajara todavía olían a pan tibio las disputas entre la derecha católica armada en tiempos de la Guerra Cristera y la izquierda radical tolerada por el gobierno gracias a su utilidad como grupo de choque contra la ira santa de los conservadores. Así, aunque Brumell tenía una relación de amistad con el ingeniero Balassa —era de las pocas personas en el estado que lo llamaban Saúl–, prefería no enredarse en asuntos de dinero con él: se limitaba a discutir sin tregua cosas de política o futbol, beberse un trago, y resolver las diferencias ahorcándole una mula en la mesa de dominó.

La nicotina le pegó directo en el hipotálamo a la primera calada. Recuperó el bastón recargado en la caja de teléfonos y lo apoyó en el suelo con vigor antes de expulsar el humo. Se fumó la mitad del cigarro exudando placer y siguió caminando rumbo a la banca en la avenida Chapultepec.

La exageración de la reja del Consulado de los Estados Unidos siempre le había parecido afrentosa, por lo que alzó discretamente el bastón –como hacía todos los días– y siguió caminando de manera que su punta fuera haciendo ruido al golpearla. El *marine* de siempre, rojo y rubio, vestido con su traje más bien payo de soldadito de plomo, volvió a respingar con el primer impacto y a salir de su concentración en la nada para verlo con reprobación antes de volver la mirada al frente. Longinos hizo un inclinación de cabeza a manera de saludo y dejó que el bastón siguiera golpeando la reja hasta su fin en la puerta de vidrio vigilada por el muchacho. Luego lo apoyó en el suelo para librar el escollo, dio los buenos días, y al llegar al segundo tramo de reja lo volvió a alzar.

La segunda tanda de ruidos estaba llegando a su final ante la total indiferencia del gringo cuando fue ahogada por el rechinar de llantas de un coche dando vuelta a toda velocidad por la avenida. El viejo, que ya estaba cumpliendo las bodas de diamante de la experiencia, supo reconocer en el aire el denso advenimiento de la desgracia.

Alcanzó a virar la espalda para ver cómo una camioneta negra se detenía de golpe en la puerta del Consulado. Vio abrirse uno de los vidrios y cómo salía de ahí el cañón de una escuadra automática. Se tiró al suelo justo a tiempo para librar el plomo que se llevó al soldado. Todavía se alzó y se alejó unos metros antes que explotara la granada de mano que voló la puerta y a quien no hubiera reaccionado al interior del edificio ante el ataque. La onda expansiva del estallido lo proyectó un tanto. Cayó de panza, con la cabeza cubierta por los brazos. La calle se hundió entonces en un silencio largo y profundo. No escuchó ni el bufido del motor de la camioneta negra arrancando de nuevo ni, segundos después, el despertar del mundo: los gritos de las personas que adentro del Consulado empezaban a entender qué había pasado. Alzó la cara del suelo para ver la camioneta alejándose en reversa. Mierda, se dijo, cuando notó que estaba haciendo contacto visual con el conductor, que frenó en seco y regresó por él. Lo mejor que puede pasar ahorita, pensó, es que me den un tiro; lo peor que me atropellen y que me vaya a morir a un hospital con todo lo de adentro hecho bolas.

Con la cabeza bien cubierta bajo los brazos entrevió cómo se abrían las puertas de la camioneta, desde donde tocaron tierra un par de botas negras. Se quedó quieto, extrañamente concentrado en el hecho notable de que las botas en cuestión no eran de campaña, como se hubiera esperado del militante de algo que bombardea un Consulado gringo, sino vaqueras y con punta muy fina; estaban perfectamente boleadas y sin una mota de polvo. Sintió que el hombre aquel lo sacudía, que lo agarraba del cinturón y lo alzaba en vilo con una sola mano, que con la otra abría la puerta de atrás de la camioneta —su cabeza arrastrando contra la banqueta— y lo lanzaba al piso alfombrado. Sintió el tacón de la bota clavándose en sus riñones y el cambio de presión al interior de la cabina cuando su captor dio un portazo. También la vibración caliente del arrancón y las sacudidas de las vueltas tomadas sin frenar. Luego fueron derecho, a velocidad más moderada, por lo que ya se sentía como una avenida más amplia.

Se detuvieron en lo que tal vez fuera un semáforo. Has-

45

ta entonces Longinos notó que el hombre que lo mantenía sometido con la bota en los riñones le preguntaba al conductor sin la menor ansiedad: ¿Lo mato? Sintió el cañón de una pistola detrás de la oreja. El viejo levantó la cara de la alfombra de la camioneta con esfuerzo de bebé y dijo trabajosamente, dado que traía repleta de sangre la boca: Eso sería una pendejada, gordito. Uh, dijo el matón. Todavía tiene ciruelitas pasas entre las piernas, anotó el conductor, con una alegría inaceptable para esas circunstancias. ¿Lo mato?, insistió el que le apuntaba. El otro tronó la boca y dijo que no: Igual nos sirve de algo. Longinos agregó: Y al Señor no le gustaría. ¿Qué Señor? El de las Matas, pinche gordito. Adío, dijo el matón, tú qué vas a tener que ver con el Señor, y lo mandó a las nubes de un cachazo.

LA NOCHE ERA un pozo. Un rumor raro, como un arrastrarse de miles de serpientes, nos llegaba desde la puerta cerrada que daba al patio. Mientras me metía las botas, le pregunté al peón que me había levantando de mi cama, todavía creyéndome mucho: A ver, Jacinto, y si los revolucionarios son tan bravos, dónde están. Por toda la casa, respondió. El alma se me fue a los pies. A punto de que saliéramos de la habitación completó: Y los demás afuera, nomás esperando para entrar a la mala si no hay venta. Le dije que me esperara un momento y regresé por la carabina y el sombrero. El rifle lo tienes que dejar aquí, me dijo, mi general Cisniegas y tu papá quedaron en que no hubiera ni fierros ni chupe hasta que se terminen los negocios y ustedes se vayan. Me cubrí la cabeza, ya en conciencia plena de que estábamos jodidos.

El patio estaba abarrotado de bravos, una mitad dormitando sentados y la otra fumando de pie. Nadie decía nada, nadie parecía estar esperando tampoco nada, como si la vida se dividiera sólo entre el combate y la modorra. Por qué están tan callados, le pregunté a Jacinto. Mi general Cisniegas les advirtió que los mandaba a fusilar si desperta-

47

ban a las niñas. Costaba moverse entre tantos hombres tan hechos bola en el suelo, por lo que la marcha mínima que hacía cinco o seis veces al día entre nuestro cuarto y el comedor me pareció interminable. Olía intensamente a barro y fermentos humanos. Dos o tres de nuestros peones que no se habían acostumbrado todavía a la idea de que los que mandaban eran ellos, se llevaron una mano al sombrero para saludarme en cuanto notaron que los veía. Fíjate dónde pisas, me había dicho Jacinto al salir de mi cuarto, y cuando alcancé la puerta del comedor tuve la certeza de que más que un aviso era una premonición.

Adentro del comedor la intensidad de las efervescencias corporales era todavía más gruesa. La mesa estaba limpia y casi vacía, más larga que nunca con mi padre nervioso al centro, tamborileando con un puro medio consumido entre los dedos. Frente a él, también sentado, estaba el charro más rencoroso, asoleado y arrogante del mundo, chupando su propio cigarro con un desenfado que no le cuadraba a lo siniestro de su mirada. Había un cenicero que ambos compartían y debajo de él un trozo de papel escrito a mano.

Cisniegas no tenía nada que ver con lo que yo pensaba que era un general: tenía el pelo largo y apelotonado por el sudor que se le había acumulado bajo el sombrero, un bigote generoso y barba de tres días, cejas pobladas y debajo unos ojos chicos, oscuros y enrojecidos, notoriamente acostumbrados a verle la cara a la muerte. Llevaba puesta una camisa bien cortada de color ya indefinible por los lamparones de grasa, las improntas del camino y la sangre de sus enemigos. Usaba pantalones con charreteras, de chinaco, supe más tarde que a imitación del general Zapata, de quien él nomás había escuchado hablar por entonces y en cuyo asesinato terminó participando. Le colgaba un revólver de la cartuchera que llevaba atada en las caderas. Se lo señalé a

Jacinto con la mirada y me susurró al oído que los generales no se podían quedar desarmados porque los mataban sus propios hombres. Tu papá, anotó, también trae pistola. Pero si mi papá no es general de nada, le murmuré nomás por joder. Me contestó con un movimiento de los brazos que pedía realismo: Cisniegas sí, pero de puros patanes, así que están más o menos iguales.

Los murmullos que intercambiamos Jacinto y yo parecieron romper el hechizo bajo el que se encontraban los dos hombres principales. En torno a ellos había decenas de rebeldes, harapientos y silenciosos, la mayoría de pie, descansando el cuerpo en posiciones torcidas; otros estaban de cuclillas en el suelo. Los que fumaban apagaban sus colillas en la duela con la punta del guarache. Ahí está el muchacho, dijo mi padre, y Antón Cisniegas me dedicó la mirada que le concedería a un perro de cantina. Siguió fumando tranquilo, sin decir nada. Cada tanto levantaba la vista y miraba con una satisfacción histriónica los techos altísimos y bien encalados de la casa que estaba por pasar a ser su propiedad. Por la forma en que mi padre se peinaba las cejas y el bigote cada muy poco tiempo, supe que finalmente había perdido sus seguridades de liberal con dinero y tenía miedo. Me hizo un gesto con la mano para que me fuera a sentar a la mesa.

Cuando avancé hacia ellos, otra vez librando los cuerpos de revolucionarios en descanso, cortando con el mío propio la nube de humo que seguía concentrándose como en un mal sueño, el general hizo un gesto de desconcierto y le preguntó a Jacinto si había revisado que no viniera armado. No trai armas y es niño pendejo, respondió. Mi padre ni siquiera se inmutó frente al insulto. Siéntate junto a mí, enfrente de don Antón, me dijo, y se dio un golpecito en la cadera para confirmar que también estaba armado y que iba a hacer lo que pudiera por protegerme. Quieres algo, preguntó mientras jalaba mi silla, seguramente pensando en mandar traer comida de la cocina. Un cigarro, le dije, y uno de los revolucionarios a mi espalda se acomidió con una cajetilla. Papá se me quedó viendo fijo mientras lo prendía con sus propios cerillos. ¿Y eso?, me preguntó, volviendo a su antigua autoridad durante un segundo. ¿Desde cuándo fumas? Desde anoche. Se volvió a peinar las cejas y dijo: Está bien, para lo que viene te va a hacer falta. Se volvió hacia Cisniegas y dijo con una obsequiosidad que no se le conocía: ¿Entonces qué hacemos, mi general? Que el mocoso lea el papel, respondió perfectamente consciente de que la palabra «mocoso» me calaba directo en las pelotas, todavía infantiles. Mi padre lo jaló de debajo del cenicero y me lo tendió. Leí: Yo, Adán Brumell Zamudio, cedo el rancho El Limoncito, con todas sus instalaciones, sus animales, sus árboles y sus terrenos al General Antón Cisniegas Domínguez que me lo pagó con el precio acordado de antemano. Firma: El propietario Adán Brumell Zamudio, el comprador Antón Cisniegas Domínguez, el testigo Longinos Brumell Villaseñor.

El general intercambió miradas con dos o tres de sus hombres y dijo: Está bueno. Mi padre soltó un suspiro. ¿Y ahora?, preguntó el charro. Ustedes me pagan y firmamos. Otro intercambio de miradas y otra vez: Está bueno. Y luego otro largo silencio, lleno del insistente tamborileo de los dedos de mi padre en la mesa; el general nomás viendo para arriba. Después de un rato uno de sus lugartenientes se le acercó y le murmuró algo al oído. Escuchó con atención. En cuanto el hombre volvió a su puesto preguntó: ¿Y en cuánto nos va a dejar la propiedad? Mi padre se lo pensó mucho, sobándose la barbilla y rascándose la cabeza teatralmente; en un momento me dedicó una mirada honda y fugaz que me dejó adivinar que era ahí donde recuperaba su juego.

Jaló dos o tres veces humo de su puro antes de decir: Mire, mi general, la verdad es que las cuentas del rancho las lleva mi esposa, que como usted sabe ya tiene tiempo que se fue a Guadalajara con Andrés; yo soy como usted: sé más de cosas de hombres que de sumas y restas. Hizo una larga pausa. ¿Y?, preguntó el revolucionario. Vamos a ponerla fácil, siguió, por qué no me llena la mesa con montoncitos de cinco centenarios y ahí la dejamos; se me hace que con eso quedamos tablas. Juega, dijo el general, y volteando hacia uno de sus hombres ordenó con orgullo de nuevo rico: Traigan los pesos.

El inmediato relajamiento de la tensión en el cuarto no fue suficiente para permitir que algún tipo de conversación fluyera entre mi padre y el general a pesar de los esfuerzos que ambos hicieron. Está bonito el rancho, dijo Cisniegas, y mi padre, casi melancólico, le contó que mi abuelo se lo había comprado a un político después de la expropiación de las tierras de la Iglesia. No lo digo por eso, respondió enigmáticamente el revolucionario. Como no se veía que la cosa fuera a progresar más, mi padre contraatacó con el tema de los frutales: se los recomendaba sobre la caña porque aunque tardaban más en dar, a la larga eran mejor inversión. El general le explicó que su plan era dividirlo en parcelas entre sus hombres y que cada quien sembrara su maicito. ¿Y la casa se la queda usted?, preguntó, creo que con curiosidad honesta. Cómo cree, le respondió el otro: todo ejército, aunque sea insurgente, necesita su cuartel. Mi padre miró al encalado de las paredes con un vago gesto de angustia. En eso se abrió la puerta y entraron diez o doce hombres más –como si la habitación no hubiera estado ya atiborrada– cargados con costales de grano a medio llenar que, conforme iban azotando en el suelo, revelaban el tintineo del oro. Mi papá me tendió su pluma y dijo a mi oído: Ya estuvo, fírmale de testigo y vete a despertar a la nana; que se ponga a empacar; tú te quedas encerrado a piedra y lodo con tus hermanos y no sales hasta que yo mismo vaya por ti. Me resistí un poco porque no me quería perder a los alzados haciendo montoncitos de monedas y poniéndolos ordenadamente en la mesa, pero como de costumbre fue inflexible. Firmé bajo mi nombre y me fui.

Todavía no amanecía cuando mi padre tocó a la puerta de nuestra habitación. Ya pueden salir, gritó; ya se fueron. La nana, que no había empacado nada por estar concentrada rezando, salió como relámpago. Luego regresó y me dijo: Siempre has sido un mentiroso, Longinos. Sí, le contesté, pero por qué. No hay ni un revolucionario en el patio. Salí y encontré la casa intacta, como si lo que había visto unas horas antes hubiera sido un sueño. Hasta alcancé a arañar un poco de contento antes de escuchar la voz de mi padre diciendo: No te hagas ilusiones, regresan mañana. Venía cargando una torre de cajones de madera vacíos. Hay que despertar a las niñas porque si no salimos para el mediodía, la noche nos va a agarrar antes de llegar a Autlán y ahora sí el campo es pura tierra de nadie.

Ya regresaba a las habitaciones cuando me pidió que le abriera la puerta del comedor porque no tenía manos para darle la vuelta a la perilla. Lo hice y vi resplandecer la mesa de centenarios como una puerta del cielo. Los jodimos de nuevo, me dijo con una complicidad que nunca habíamos tenido antes. Y ordenó: Ya saca al inútil de Juan de la cama para que me venga a ayudar aquí, y tú vete a seguir arreando a la nana.

Aunque invertimos toda la mañana en empacar baúles de ropa y trastos, a la hora de cargar la calesa nos dimos cuenta cabal de que el peso de los centenarios era tanto que nos teníamos que ir nomás con lo puesto. Mi padre cerró los cajones que habíamos hecho con nuestras pertenencias y les escribió encima con un marcador de cera la dirección de las Villaseñor en Guadalajara con la esperanza de que el general Cisniegas nos los mandara. Nunca lo hizo. Muchos años después, sentado a la mesa durante una de las formidables bacanales que organizaba el teniente coronel en su casa de Tacubaya, vi a la Flaca Osorio salir de la cocina con el postre en un platón de la vajilla de Bohemia que las Villaseñor siempre juró que valía más que la plancha de centenarios que nos habían pagado por el rancho. Me animé a preguntarle a Jaramillo qué había dicho su general Cisniegas cuando se encontró con las cajas. No sé qué haya dicho, me respondió, porque yo llegué ya que se habían instalado, pero me mandó llamar para preguntarme qué eran: el hecho de que tuvieran algo escrito le impuso respeto; le expliqué que era la dirección a la que había que mandarlas; nomás entornó los ojos y me dijo que agarrara lo que quisiera. Hasta que me contó ese episodio recordé que, efectivamente, nos cruzamos con él durante la huida, nosotros camino a Autlán y él rumbo al rancho.

Habíamos salido a las siete u ocho de la mañana en el más frágil de los convoyes: mi padre hasta delante jalando a las mulas cargadas de oro. La nana, las niñas y los esclavos chicos lloriqueando en la calesa. Juan y yo cerrábamos el tren con sendas carabinas.

En el campo no habíamos visto más seres humanos que los federales que colgaban de los árboles más altos, de modo que no íbamos bien augurados. Ya había pasado el mediodía cuando descubrimos a tres jinetes en la distancia. Mi padre se quitó el puro de la boca y me gritó que me le juntara y que dejara a Juan protegiendo la retaguardia. Carga el cartucho cuando estén tan cerca que puedan oír el ruido, me ordenó, y ponte la carabina en las chaparreras, donde la vean. Yo sentí un alivio al descubrir que uno de los hombres que se avecinaban era el maestro al que había conocido en casa no hacía tanto. Los otros dos eran tropa: llevaban las cananas terciadas. La tensión con la que papá apretaba su cigarro me dejó claro que no había motivos para relajarse.

Profesor Jaramillo, dijo mi padre haciendo un gesto a manera de saludo cuando estuvieron a tiro de piedra. El maestro le respondió con inopinada altanería: Teniente coronel, Longinos, teniente coronel. Y de inmediato: A poco usted no sabe que fumar a caballo es peligroso. Cuando el caballo es malo y el fumador menso, le devolvió papá, ya con la diestra en la cacha del revólver y la izquierda afianzando las riendas y el puro. Avanzamos unos pasos más y quedaron uno frente al otro, las cabezas de las cabalgaduras apuntando hacia direcciones contrarias. Nosotros muertos de miedo y ellos gozándose en la socarronería de los que las tienen todas ganadas. Pues entonces regáleme uno, dijo Jaramillo. Sin soltar el arma, mi padre sacó un cigarro de la bolsa y se lo tendió. El maestro lo tomó, le arrancó la punta de un mordisco y dijo entre dientes con una sonrisa siniestra: Ahora necesito lumbre. Papá lo señaló con la punta del puro y le dijo: Eso sí es de brutos, profesor, hasta el mejor caballo se desboca si uno prende un fósforo, así que déjeme ayudarle. Y con una frialdad que nos dejó a todos en un rapto de admiración sacó el revólver, clavó su puro en el cañón y se lo puso en la cara a su interlocutor; jaló el martillo del arma y dijo: Lléguele. El profesor volteó a ver a sus acompañantes para asegurarse de que no hicieran nada y pegó la punta de su cigarro a la del que mi padre le tendía. Aspiró el humo, lo sacó y dijo: Mis respetos, don

Andrés, y se tocó el sombrero. Movió las riendas de su caballo para seguir adelante. A manera de despedida nos dijo que nadie nos iba a tocar un pelo en el camino a Autlán, pero que de ahí en adelante estábamos a nuestra suerte. En algún momento de la noche de Tacubaya en que le pregunté al teniente coronel qué había pasado con las cajas, me dijo que hacía negocios conmigo nada más porque me parecía a mi padre. Le dije que estaba bien, que la idea era que los dos nos hiciéramos ricos y le pregunté si se acordaba del episodio del puro. Ei, me dijo, era un cabrón tu papá; fifí pero cabrón, no nomás fifí como tú. No respondí al pullazo porque para entonces ya tenía en el puño el corazón de su esposa y estaba nomás contando días para hacerme con su cuerpo. Afirmé con un gesto y cerré los ojos.

Lo DESPERTARON UN par de cachetadas guajoloteras que sonaron particularmente gruesas debido a la sangre que se le había empantanado en la cuenca entre labios y encías. Estuvo un rato tratando de escupir antes de tomar conciencia cabal de sí mismo. Le dolía la cabeza intensamente, no podía mover los brazos, aunque sí respondían a las sacudidas de sus hombros. Tenía las manos atadas a la espalda, pero no con una reata, sino con algo metálico. Esposas, pensó. Abrió trabajosamente los ojos y calculó entre las brumas que estaba sentado en el asiento trasero de un coche distinto a la camioneta en que había perdido la conciencia. Más chaparro, de asientos más acolchados; definitivamente un vejestorio: probablemente un American.

Enfocó la mirada como pudo. Frente a él había una cara. El borrón del hombre con bigote que había ido manejando la camioneta. Sintió que le ponía los lentes y vio en la sonrisa de su secuestrador que todo aquello le parecía divertido. Bienvenido al *Enterprise*, escuchó. Giró la cabeza hacia ambos lados, con un dolor intensísimo en el cuello. Estaban estacionados, él sentado en el asiento trasero izquierdo, el otro vacío y la puerta abierta. Otra guajolotera.

56

Escupió otro poco de sangre y dijo: Pegarle a un hombre viejo, esposado y con lentes es lo que en mi tierra llaman una mariconada. Fue nomás una caricia para despertarlo, le respondió una voz intensamente tapatía. Escupió otro poco de sangre y enfocó hacia el exterior, primero a su lado de la ventana y luego a través de la puerta abierta. Las calles estaban pavimentadas, pero las construcciones que los rodeaban eran, por decir lo menos, pintorescas. Estaban en un barrio céntrico y tradicional, de clase media despeñándose por el precipicio de la pobreza. A su lado izquierdo veía un negocio de comida improvisado en el patio anterior de una casa: una cacerola de cobre gigante protegida de los meteoros por una lona plástica de estridente color rosado, alzada con polines atados entre la verja y el barandal de la azotea. Al lado del perol había unas rejas de coca-cola y una batea con un bloque de hielo; en una mesita que ocupaba el frente del negocio se vendían polvosos paquetes de papitas, cacahuates, mazapanes: la mercancía que se había caído del camión repartidor. Seguía siendo temprano, pero el calor húmedo y tóxico de la ciudad contaminadísima —a pesar de la certeza de sus habitantes de que seguía siendo una aldea— ya estaba subiendo.

La casa frente a la que estaban estacionados tenía la puerta entreabierta y aunque había en ella alguna dignidad, mostraba las cicatrices de la construcción paulatina: los muros del segundo piso no empataban precisamente con los del primero y todavía quedaba una terraza en la que florecían las varillas de los pilotes que con el tiempo serían el firme de otra habitación. Estaba pintada de un color verde horrible pero, a su modo, coqueto. El patio delantero era de cemento, adornado con plantas bien cuidadas.

Devolvió la vista a su captor y repitió: Maricón. Lo vio darle otra cachetada que apenas sintió. Se pasó la lengua sobre la dentadura postiza y constató que estaba firme todavía. Escupió un último gargajo de sangre que, como los anteriores, fue a dar al peto de su camisa y dijo: Dale con lo mismo. El secuestrador –o lo que fuera– respondió con una risa extrañamente natural y hasta simpática que así le gustaban las viejas y se sacó un paliacate de la bolsa de atrás del pantalón, lo mojó con un poco de saliva y le limpió la cara cuidadosa y hasta delicadamente.

El viejo no dijo nada, pero mientras bajaba la cara para que le lavara la herida de la frente notó que durante su inconsciencia le habían puesto el cinturón de seguridad. Pensó que sus secuestradores eran más responsables que el ciudadano promedio de Guadalajara, por no hablar de sus amigos políticos.

Casi le gana la risa cuando vio que el hombre del bigote se sacaba de la bolsa de la camisa una tira de curitas. No pudo resistir y arriesgó otra cachetada preguntando si los maricones siempre llevaban botiquines para balear consulados. Ya no me diga así, dijo el otro, porque me lo voy a tener que seguir madreando y llevamos algo de prisa. A sus manos nerviosas de persona que no ha trabajado con ellas se les complicaba desprender el papelito que protege las bandas adhesivas. Pues entonces dime cómo te llamas. Dijo: Ladon, y resopló aliviado por haber podido sacar la primera curita, que despegó y le puso de un modo torpe y aparatoso en la frente. ¿Ladon o Ladón?; porque si fuera Ladón rimaría con Maricón. El secuestrador levantó la vista de la siguiente banda adhesiva, que trataba de abrir, y alzó un dedo; amagó con otra cachetada. Ladon, dijo, como se oye. ¿Ladon qué? Justicia, respondió tras haber liberado el segundo parche. Longinos pensó que un nombre como ése no podía ser impostado y que si lo había dicho a la primera o era un tarado sin remedio o estaba cons-

58

ciente de que ya no tenía nada que perder: en México a nadie le pasa nunca nada por secuestrar a alguien –o por cortarlo a machetazos, o por robarse el erario, o por casi lo que sea–, pero lanzar una granada al Consulado gringo es otra cosa.

El bigotón le puso la bandita en una ceja y se afanó en abrir una tercera. Es un nombre inglés, le dijo. Sepa la bola, respondió el otro. Tus padres han de haber sido cultos. Papá, agregó el otro, distraído con la banda adhesiva que no cedía. De veras siempre llevas curitas, Ladon. No, güey, respondió, cambiamos de coche en la Farmacia Guadalajara, así que aprovechamos para comprar unas. No me digas güey que no ando arrastrando nada; me llamo Longinos. Ya sé, respondió; seguía concentrado. Sonrió antes de completar: Longinos Brumell Villaseñor, millonario por contagio, ratero profesional, juega dominó dos o tres veces por semana con el Señor de las Matas, cuyo nombre y apellido son ingeniero Balassa; ya hice mis llamadas. Le puso la banda en una tercera herida. El viejo cerró los ojos casi con gratitud: la vida le estaba volviendo a tender un destino raro cuando ya se le había acabado el combustible. Sonrió.

De qué te ríes, viejito. Que me llamo Longinos. De qué te ríes, Longinos. Sintió cómo le limpiaba los restos de sangre del cuello. De ti, Ladon, de que ya sabes que la cagaste secuestrándome y no sabes qué hacer. El matón le apretó la quijada suavemente con la mano, como si le estuviera llamando la atención a un niño, y le preguntó: Estamos agradecidos de que seguimos vivos o qué. Depende, dijo el viejo, que aunque estaba consciente de que ya había ganado la mano, sabía que en un país en el que se escriben canciones como «La vida no vale nada», el que deja de negociar se muere aunque su cadáver salga carísimo. La otra, le respondió el bigotón, es que le meta un tiro y lo deje aquí a dos cuadras: de todos modos a mí ya me llevó la chingada, así que otro muerto da lo mismo. Dijo Longinos: No tienes nada que perder. Absolutamente nada. Pues ai donde ves, yo tampoco.

El matón siguió con la limpieza sin tomar en cuenta la oferta de solidaridad del viejo: Mi hermano fue por mi señora madre y nos vamos a ir los cuatro de viaje; usted va a ir calladito, nomás siguiéndonos la corriente y contestando que sí a lo que se le pregunte, ¿está bueno? ¿Tengo cara de ser de los que le faltan el respeto a la madre de alguien?, preguntó Longinos. Así me gusta, dijo el matón, y le puso sobre las piernas una bolsa de Gigante. ¿También cambiamos de coche en Gigante?, preguntó el viejo. Ei, le respondió el otro sin ponerle mucha atención; siguió dándole instrucciones. Ya no han de tardar mi hermano y mi señora madre, así que le voy a quitar las esposas y se va a cambiar rapidito, aquí delante de mí y comiendo pistola. Acto seguido, se saltó al asiento de atrás, se sacó un trabuco de la espalda, se lo pasó a la mano izquierda y lo acomodó en la sien del viejo. Con la derecha manipuló un llavero y agregó: Aguzado, porque la mano en la que traigo el fierro no es la buena y si se mueve mucho se me pone chiripera. Longinos se quedó quieto como un conejo mientras el matón manipulaba a su espalda una llavecita pendiente de un llavero con una efigie del Che Guevara para quitarle las esposas.

Una vez liberado, el viejo se estiró y abrió la bolsa. Adentro había una camisa de poliéster amarilla con corte vaquero y unos pantalones color café de terlenca. Jesús, dijo, pensando más en cómo se iba a ver con eso puesto que en cómo le iba a doler la espalda al cambiarse en un espacio tan reducido y con el cañón de la pistola en la sien. Extendió las prendas sobre su regazo y agradeció que se las hubieran comprado. Fueran como fueran, estaban mejor que el casimir y la camisa de algodón manchados de sangre. No hay problema, dijo el otro, las compramos con su dinero.

El esfuerzo de quitarse y ponerse los pantalones y la camisa le reveló que, además de los dolores de siempre, ahora traía un clavo al rojo en el sitio donde había descansado la bota del tipo que lo había arrojado a la parte de atrás de la camioneta. También que estaba cagado y meado. Voy a ocupar ropa interior, dijo. Te vas a ir a rais, le contestó el otro. La pistola lo disuadió de insistir.

Terminó de cambiarse, humillado por las flacideces de su cuerpo untado de caca frente al marrano abotonado que le apuntaba. Están chiquitos esos huevos, fue lo único que el matón le dijo, para una perra con el hocico tan grande.

Se puso los pantalones y la camisa, que le quedaban grandes, y metió su ropa sucia en la bolsa de Gigante. Dejó el saco fuera por si enfriaba. Lo palpó en busca de sus cigarros cuando el matón se lo arrebató y lo lanzó con lo demás al asiento de adelante. Mis cigarros, dijo el viejo. Te chingas, respondió el matón, que volvió a cambiarse la pistola de mano. Nadie, completó, fuma enfrente de mi señora madre, que es débil de pulmón.

Le puso otra vez las esposas y le amarró de nuevo el cinturón de seguridad. Ya me estoy chingando suficiente, no me quites los cigarros. No, respondió el otro, mientras juntaba las prendas y se bajaba del coche. Calladito en lo que regreso, agregó ya desde afuera, y cerró las puertas con seguro.

LAS CALLES ESTABAN desiertas: no había tiendas, las cantinas habían cerrado, las ventanas estaban tapiadas y muchos zaguanes bloqueados con tablones. Tal como había prometido el profesor Jaramillo, ninguno de los piquetes de hombres armados con que nos cruzamos en el camino a Autlán se molestó en jodernos. Pasaban a pie o a caballo junto a nosotros en pelotones discretos provenientes de quién sabe qué batallas, seguidos por grupos compactos de mujeres y niños; los jefes arrogantes en conciencia plena de que cada costra de mugre era la medalla de una guerra que ya habían ganado y sus hombres polvosos mirando un fondo del mundo en el que a lo mejor –y esa posibilidad ya no la descartaba nadie– la historia les saldaba la deuda milenaria de miseria y degradación que había acumulado desde que el evasivo mundo de los purépechas se empezó a llamar Nueva Galicia.

Tocamos la aldaba de la casa del doctor Garmella hasta que abrió él mismo, mal afeitado y en bata. Apenas sacó la nariz para preguntar: Cómo, ¿a ustedes no se los chingaron? Mi padre se bajó la punta del sombrero y lo hizo a un lado para abrir él mismo el portón y arrear las mulas hacia adentro. El último de nuestros caporales había olfateado a medio camino de qué lado iba a mascar la iguana a partir de entonces y se había unido a uno de los pelotones de revolucionarios con que nos cruzamos con una disculpa tal vez demasiado específica: Lo siento, mi patrón, pero ustedes ya huelen a caca de zopilote.

Más tarde, cuando la nana y las niñas acomodaban las escasas pertenencias que llevábamos en las habitaciones de lo que sería nuestra casa de ahí a que las cosas estuvieran lo suficientemente tranquilas para hacer el resto del viaje a Guadalajara, Garmella le dijo a mi padre, después de servirle un tequila en un pocillo que no había sido lavado en quién sabe cuánto tiempo: Pues nos quedamos solos, compadre. Mi papá, rascando con la uña una costra de café que marcaba el exterior de su traste, preguntó: ¿Y las viejas? Yo ya sabes que puras putas, pero no me atrevo a salir. No ésas, ¿las que lavan, la cocinera? Ah, dijo el doctor, luego se tomó su tiempo para contar que las jóvenes se habían ido con los revolucionarios y las mayores a los ranchos. Papá asintió con la cabeza y dijo que cuando menos la nana se podía encargar de cocinar y limpiar, porque las niñas no sabían más que enlodar sus trajecitos de fiesta. Garmella no estaba para poner atención a nimiedades domésticas. Y cómo se encontraron el camino, preguntó. Mi padre le contó una versión corta de los sucesos de nuestras últimas veinticuatro horas. Concluyó diciendo: A lo mejor nos cruzamos con tus criadas de venida para acá, porque todos están yendo hacia el valle en grupos chicos, pero no las reconocimos entre la bola de mequetrefes. Dicen, respondió el doctor, que Antón Cisniegas ya pactó con los Constitucionalistas, que se va con las fuerzas del general Villa, que nadie ha visto al presidente Huerta por Palacio Nacional en semanas. Ese briago no es ni presidente ni nada, dijo mi padre, tallándose las mejillas con las palmas abiertas. El doctor respondió: Pues sí, pero siquiera había criadas cuando todavía se dejaba ver. Se terminó su tequila, se sirvió otro, rellenó el pocillo de mi padre y, tomando conciencia por fin de que Juan y yo también estábamos en la mesa, alzó el pico de la botella hacia nosotros a manera de oferta. Fue la primera vez que me dirigieron ese gesto sobre el que se ha levantado la desastrosa cultura viril de México. Alzamos los hombros y volteamos a ver a mi padre, que no se opuso. En la cocina hay pocillos, dijo el doctor, tráiganse dos.

Encontramos el fregadero sobrado por una torre de platos que sobrevolaban moscas maravillosamente impunes. No había agua en los jarros, las hojas periódicas estaban revueltas en el suelo. Lo más extraño eran los restos de un procedimiento quirúrgico: la mesa en la que antes habrían preparado la comida estaba poblada por instrumentos liberados de los enigmáticos gabinetes que en tiempos de esplendor solíamos contemplar por horas en el despacho de Garmella; junto a ellos, sábanas hechas tiras conservaban las costras de sangre que habría chorreado de los cuerpos de quienes fueron atendidos en ese dudoso quirófano. Los pares de pantalones y chaquetas desgarradas de dos o tres oficiales del Ejército Federal estaban hechos bola en un rincón.

Juan y yo caminamos entre el asombro y el asco por el desorden. Yo no voy a comer nada en ninguno de esos trastes hasta que los venga a lavar la nana, me dijo mi hermano, plantado a distancia prudente del hervor de vida del fregadero. Vimos al fondo un trinchador detrás de cuyos vidrios había lo que más tarde supe que era una vajilla de Talavera chinesca. Agarramos dos tacitas para té y volvimos con los mayores, que no mostraron el menor empacho en servirnos.

Garmella estaba contando cómo habían visto las cosas desde Autlán. En los últimos meses el pueblo se había ido vaciando de servidumbre por goteo: las casas se fueron quedando sin jardineros y las cantinas sin mozos. El asistente del doctor lo abandonó cuando se fueron las mujeres. Al parecer todos sabían lo que iba a pasar menos los ricos y los oficiales del Ejército Federal, que cuando finalmente llegaron se encontraron con un pueblo muerto de miedo y dispuesto a lo que fuera a cambio de que las cosas volvieran a ser como eran. Que no hubiera pobres para hacer todo el trabajo era grave, pero lo que podía venir después resultaba peor.

Luego siguió lo que ya conté: el gran baile, el engallamiento de los comandantes federales, la derrota. Y más adelante el horror: los oficiales y los pocos de sus soldados que les fueron fieles se retiraron hacia Autlán cuando se vieron superados por el enemigo tras la hombrada de haberse internado en territorio bronco. Los revolucionarios fueron por ellos durante la madrugada, al parecer antes de que mi padre negociara en la mesa la venta de El Limoncito. Colgaron a todos los pelones que no se quisieron pasar a la tropa de Cisniegas y fusilaron a los prisioneros de rango, incluidos el capitán y los tenientes de artillería y caballería a los que Garmella había dado asilo para poderles sacar las balas en su cocina. Creo, dijo el doctor, que eso fue lo que más coraje me dio: que los enfermitos me habían quedado muy bien a pesar de que los tuve que operar yo solo y con insumos limitados; ahí siguen sus cuerpos, todos hechos bola junto a la pared del camposanto en que se los escabecharon, a menos que algún valiente haya ido a enterrarlos. Hizo un buche de tequila y agregó: Pero que yo sepa no queda ni un valiente de este lado de la guerra. Pues mañana vamos, dijo mi padre, volteándonos a ver. Garmella se sirvió una tercera porción. Mi padre lo vio con un dejo de tristeza y añadió que tampoco estaba tan seguro de qué lado estaban en la guerra. Su idea, seguramente, era subir el nivel de la conversación a un mejor lugar que el chismorreo amarillo que irremediablemente se había apoderado de los pueblos desde el asesinato del presidente Madero, una verba tenebrosa que salía siempre de caras con la mirada vacía y de la que Garmella –médico letradísimo y agudo, siempre al tanto de las minucias de la política– se había logrado sustraer hasta entonces. El doctor ignoró olímpicamente la invitación de su compadre a discutir ideas y comentó que los niños no le habíamos dado ni un trago a nuestro tequila, que ya se nos había acabado la infancia, que si íbamos a ser hombres o payasos. Mi padre alzó las cejas e hizo un gesto que implicaba que lo educado era empujarnos la bebida. Nos quemamos los labios y la entraña con su fuego renovador.

Pasamos los siguientes días enterrando y quemando cuerpos podridos. Lo hicimos los tres solos: Garmella llevaba demasiados días borracho como para despertarse al filo del sol y los autlenses que quedaran –nunca los vimos porque nadie salió de su casa durante el día en todo ese periodo– eran payasos.

La labor no era tan edificante como sospecho que mi padre imaginó que iba a ser. Salíamos al quebrar la luz y cruzábamos a pie el pueblo habitado por animales cada vez más salvajes. Llevábamos puestas las batas del doctor –que por entonces eran de lana gruesa–, guantes de piel de carnero y un recorte de tela perfumado con agua de lavanda a manera de un fez para evitar el desmayo por el pésimo olor de los cadáveres. Con el calor subían los insectos, así que había que apurarse para progresar todo lo posible antes de las diez u once de la mañana.

Los primeros dos días los ocupamos en cavar tumbas

para los oficiales; tenderles una cruz, buscar algún documento de identidad para grabar su nombre en la madera y que sus familiares eventualmente los encontraran. Reconocimos a los que curó Garmella porque estaban vendados y los habían fusilado en calzones.

Naturalmente que todo, excepto cavar las fosas, era repugnante: había que espantar a los perros y los marranos que ya se estaban agasajando cuando llegábamos, había que arrastrar a los ajusticiados de la ropa –el único asidero que no hervía en gusanos– y había que alzarlos cuidadosamente para que no se desfondaran: uno particularmente inflado se nos resbaló y explotó como un aguacate podrido.

Los ahorcados eran más fáciles de trabajar: los zopilotes, que prefieren la seguridad de los postes de telégrafo para comer, los iban limpiado de modo que acumulaban menos pudriciones. Además, como eran tropa federal –pobres sin casta–, el problema de su resurrección nos venía valiendo madres: cavamos una fosa y los echábamos ahí todos los días después de descolgarlos y arrastrarlos por las botas. Al final de la jornada les prendíamos fuego y regresábamos a bañarnos. Solíamos comer algo antes del amanecer y no volvíamos a probar bocado hasta la noche. No había modo de que nos pasara la comida.

Las expediciones de caza, que comenzaron a formar el núcleo de nuestros días cuando terminamos con los muertitos, eran más divertidas porque no había mando adulto.

Mi padre solía sentarse con Garmella y los tequilas después del desayuno y ya no se movía de ahí hasta que, literalmente, se arrojaba en su cama a las siete u ocho de la noche, no siempre con puntería. Como los adultos habían renunciado a proveer, Juan y yo salíamos a reventar a plomazos cualquier cosa viva para que la nana la pusiera en el puchero.

El primer día asaltamos el mercado sin ningún éxito: los cabrones de los autlenses se habían llevado todo a sus escondites desde hacía quién sabe cuánto. Regresamos con cuatro gallinas repletas de perdigones que hubiéramos podido matar a patadas. Otro día atrapamos un lechón, en algunos menos afortunados regresábamos con puros vegetales ya picoteados que habíamos arrancado de las huertas que quedaban; echamos a perder un guajolote que se nos desparramó en el camino de vuelta de tanto plomo que le metimos en la empeñosa cacería.

La verdad es que nunca más volví a perder el mando que me concedió mi padre la noche que pasamos atascados en el beneficio de caña y que aprendí a cederle de vuelta sólo durante sus raptos de ánimo, que a partir de entonces empezaron a ser más y más esporádicos. En los días autlenses Juan y yo nos encargamos por completo de la manutención de la casa con la conmovedora y deprimente seriedad con que los niños asumen responsabilidades que no les competen. La nana puso a trabajar a los esclavos con mi autorización implícita: los dos chiquitos fregaban pisos, probablemente porque estaban más cerca del suelo, los de en medio —dos niñas y un niño— lavaban la ropa, las dos grandes ayudaban en la cocina. Por entonces me aprendí sus nombres, lo cual terminó por ser muy útil: les podía imponer misiones específicas.

Simplemente no me acuerdo de, por ejemplo, Carlitos antes del día sorprendente en que apareció en la habitación que compartíamos Juan y yo, todavía exprimiendo el trapito con que había estado tallando el piso de barro cocido de la cocina, para decir que nos quería acompañar a cazar gallinas. Yo ya estaba vestido hasta el sombrero, y me dedicaba a sacar munición y acomodarla en la cartuchera que llevaba siempre repleta al cinto cuando salíamos, no tanto para pulverizar pollos –aunque a veces lo hiciéramos por aburrición– como para ser capaz de cubrir una fuga en caso de que se aparecieran los revolucionarios. Juan traía todavía la toalla amarrada en la cintura y se frotaba la cara frente al espejo con el agua de lavanda que le habíamos bajado al doctor. La realidad se suspendió un momento cuando lo vimos ahí, frente a nosotros, con su trapito entre los dedos todavía gordos de infante, sus pantalones cortos, sus botitas de agujetas y su camisa de peto; las rodillas peladas y puercas por la mugre que desde tan temprano le había batallado al suelo.

Juan dejó el pomo de loción en el tocador y sacó un cigarrillo de la lata en la que conservábamos los últimos que nos quedaban. Lo encendió y, sin dejar de verlo a los ojos, le preguntó: Y por qué deberíamos llevarte, niño. Respondió que no era Niño, que era Carlitos y que la nana estaba insoportable; que a veces le tocaba fregar las vomitadas de Garmella. Juan me miró y yo dije que estaba bien, que fuera con nosotros, que corriera a ponerse unos pantalones largos. No tengo, me dijo. Si no los consigues no vas, dije, y me volví a mis cartuchos. Mi hermano todavía se resistió un poco a ceder su privilegio de único menor con autorización para salir. Le dije que el chiquito se llamaba Carlitos y que iba a conseguir unos pantalones largos, que eso me parecía suficiente. Cuando finalmente salimos de casa –nos persignábamos delante de todos para que sopesaran los riesgos que tomábamos por ellos– Carlitos ya nos esperaba en el umbral de la puerta principal con unos lastimeros pantalones de peón que Ginebra, la menor de las lavanderas y la segunda que iba a unirse al piquete infantil, le había ayudado a recortar, al parecer con un cuchillo cebollero. Antes de salir lo mandamos a cambiarse la camisa de una vez: el contraste entre lo que parecían unas perneras de chinaco y la prenda de peto con sus botones nacarados era de a tiro demasiado.

La verdad es que los viajes al exterior no entrañaban ningún peligro –salvo el de los marranos ya salvajes y acostumbrados al sabor de la carne humana–, así que lo sucedido con Carlitos se repitió pronto con la mayoría de los esclavos, que conforme se iban animando a quitarse los pantalones cortos o las faldas y salir con los demás descubrían que la sesión de caza en realidad era una excusa maestra para liberarse por unas horas de la mansión del doctor. Todos se vistieron con lo que encontraron en los arcones de la servidumbre menos Magda –una princesa hasta el último día de su malograda vida–, que tardó un poco en unírsenos porque se cosió un brillante traje de oficialita federal con los restos de los uniformes de los fusilados de Garmella.

Asolábamos huertas, tomábamos siestas al sol, nadábamos en la pileta cuajada de mosquitos. Ya pasado el mediodía íbamos hacia el cementerio o el mercado y encontrábamos ahí animales de granja recién graduados a cimarrones a los que podíamos acosar sin riesgos mayores. Los matábamos con la escopeta o a pedradas según su tamaño, y volvíamos a casa a contarle a la nana y los esclavos que se negaban a dejar de serlo alguna mentira sobre los kilómetros que habíamos tenido que caminar para conseguir aquello. Generalmente era el esclavo que había adquirido su nombre más recientemente el que llevaba el animal muerto y los justo anteriores la cosecha. Juan y yo cerrábamos el pelotón, escopetas al hombro, mordiendo pajitas: los cigarros se nos terminaron después de los primeros días y ésos sí no había modo de reponerlos. La nana y sus ayudantes de cocina nos recibían como si fuera fiesta. Le sacudían el pelo mugroso a los chiquitos y nos dejaban sentarnos a comer sin que nos hubiéramos lavado.

70

Garmella y mi padre, por su parte, se pasaron ese tiempo sometiendo al cuerpo y la lucidez. No había ni periódicos, ni enfermos, ni rancho que atender, así que dormían hasta el mediodía, cuando se juntaban a beber en los equipales del corredor al inolvidable grito garmellesco de «Ya quebró la tarde, cabrones». Ahí comían, ahí cenaban, ahí se quedaban dormidos hasta que el fresco de la noche los empujaba a volver a la cama dando bandazos. Iban sucios, barbudos y vestidos como mendigos. Entre las reglas no tan irracionales que la nana pudo imponer figuraban dos prominentes: cada quien se calentaba su propia agua si se quería bañar y a nadie se le lavaba la ropa si estaba vomitada. Hubo un día fatal en el que se les terminó el tequila. El grito de Garmella, según nos contaron las esclavas de la cocina cuando volvimos de la sesión de caza, sacó a mi padre temblando de la cama: «Ya nos quebró la riata, se acabó el alipús.» Tomamos medidas de emergencia, porque en el momento en que mi padre amaneciera finalmente libre de postraciones seguro iba a devolver a Carlitos y Magda a fregar pisos, a Rubén, Carmen y Ginebra a lavar ropa y a obligarnos a Juan y a mí a emprender un proyecto tan o más desagradable que el de acarrear muertos. Fue entonces cuando empezamos a ejecutar pequeños trabajos de piratería.

Nunca fueron, la verdad, ni riesgosos, ni mayúsculos, ni muchos: reventábamos el cerrojo de la puerta de un local a tiros, la tumbábamos a culatazos y patadas –los chiquitos no estaban autorizados a portar armas– y entrábamos a saco. Adelante Juan y yo, bañando de perdigones el umbral por el que se podía asomar un propietario tratando de defenderse de un pelotón de revolucionarios teóricos, luego los chiquitos con sacos de grano para llenarlos de cosas que nos podrían ser útiles y fueran cargables en sus hombritos

71

de hormiga. Primero las botellas de aguardiente que mantendrían a raya a los adultos y luego cositas que nos pudieran dar un gusto: conservas de fruta o escabeches de chile y ajo, carne curada, hierbas secas, arroz, chocolate, papel para dibujar, objetos con los que podríamos jugar cuando cayera la tarde y volviéramos a casa, algún sombrero, cigarros. Si sobraba lugar llevábamos jabones, vendas, estropajos. Nos retirábamos dando tiros. Al día siguiente la puerta derribada aparecía tapiada y nadie salía a cobrarnos ni un clavo.

Un mediodía estábamos Juan, Magda, Rubén, Ginebra, Carlitos y yo escupiendo pepitas desde la copa de un fresno cuando vimos que en el valle se alzaba una nube de polvo. Ya valimos madre, dijo Juan dirigiéndose a todos, aunque para ese instante éramos sólo él y yo los que quedábamos en el árbol: los chiquitos ya corrían por tierra.

En casa de Garmella nos hallamos a los adultos igual de impresentables que siempre, pero esta vez nos pareció grave: era uno de los tantos días en que ninguno había juntado fuerzas para calentarse el agua y cargar las tinajas y cuando entramos estaban en el corredor peludos, andrajosos, oliendo a rancio y ya borrachos. Los niños y las criadas se habían encerrado a piedra y lodo en los cuartos de servicio cuando Juan los pudo hacer reaccionar arrojando la botella de aguardiente contra una de las columnas del corredor.

Mi padre salió de su sopor y nos preguntó con propiedad inesperada qué estaba sucediendo exactamente. Le explicamos que habíamos visto una nube de polvo viniendo del valle y dijo que seguro eran los federales que por fin venían a poner a la bola de mugrosos de Cisniegas en orden. Con la inopinada claridad que lo gobernó el resto de su vida, Juan le gritó con su vocecita todavía tipluda que los federales habían valido madre, que dejara de comportarse como un imbécil. Mi padre peló los ojos por primera vez en quién sabe cuánto tiempo y se levantó de un golpe. Voy al baño a lavarme, dijo, recargado con una mano en el asiento. Dio un paso y el equipal se fue al suelo; trató de agarrarse de la mesa y todo se vino abajo. Garmella, que al parecer estaba escuchando lo que decíamos en alguno de los sustratos profundos de su cerebro machacado, empezó a buscarse una pistola al cinto que, en realidad, nunca había cargado. Luego se alzó de su silla ya sin mesa y caminó dócilmente hasta su cuarto, gritando fenomenales improperios contra Cisniegas y sus caníbales. Lo encerramos.

Mi padre estaba peinándose, todavía muy burro a pesar del agua helada y la friega de loción, cuando los emisarios de Cisniegas se cebaron contra la puerta. Tocaron la aldaba y ni siquiera pidieron con Garmella. Gritaban con una autoridad de fuego: Abra, don Adán, no les vamos a hacer nada.

Mi padre salió al portón con la cara roja y fresca, pero peor vestido que los mismos revolucionarios. Fue ésa la primera vez que sentí compasión por sus ojos prisioneros de unos bolsones de carne púrpura. Preguntó de un grito y con una voz que no terminaba de ser la suya qué querían. Que nos abra, nomás eso. Se volteó a mirarnos con la inseguridad que a partir de entonces gobernaría todos sus intercambios sociales y nos murmuró: Es el tarado de Jaramillo, el maestrito. Nosotros nos alzamos de hombros. Ábranos, Brumell, volvió a insistir el flamante teniente coronel desde afuera. Mi padre demandó que le diera su palabra de que venían en paz. Ya sabe que tiene salvoconducto, insistió la voz en el exterior. Y a qué vienen entonces, preguntó. Por el ojete del doctor, gritó una voz aguardientosísima que no era la de Jaramillo. Ya se fue a Zapotlán, improvisó una respuesta. Dispararon tres balazos a la parte baja del portón. Está bien, dijo y nos miró con angustia

73

genuina. El terror de su mirada confirmaba que ya se le había quitado la borrachera y hasta la cruda. Gritó: No disparen, y se acercó al cerrojo con la pistola desenvainada. Juan y yo verificamos que las carabinas estuvieran cargadas y nos hicimos a un lado: detrás de esa puerta podía aparecer casi cualquier cosa. En otros tiempos –anteriores o posteriores– habríamos tenido una estrategia. Mi padre debió haber armado a los chiquitos, o se debió haber quedado con Juan y conmigo y sacado a los demás por la azotea; o nos debió haber puesto a todos arriba de modo que agarráramos al enemigo entre fuego cruzado; o frente al portón, de modo que los recibiéramos con una lluvia de plomo. Pero la idea de una defensa palpita en periodos de valores complejos, épocas en las que se sirve a tantos amos que la palabra de uno termina por ser insostenible. Por entonces los adultos veneraban al celoso dios de la hombría, y lo único que les importaba era morir con las manos desatadas. Los Brumell, dijo papá mirándonos a Juan y a mí con una sonrisa inesperada y nerviosa, se van como hombres. Quitó el martillo de la pistola, nos clavamos los sombreros hasta las orejas y abrió la puerta. Alzamos las carabinas. Afuera estaba nada más la sonrisa juvenil del teniente coronel Jaramillo, que llevaba puesta una gastada gorra de oficial villista, y el gesto adustísimo de un capitán sombrerudo y con huaraches. ¿Ve como no pasa nada?, dijo el maestro venido a oficial, que ni pistola traía.

Ya en el patio Jaramillo se quitó el quepí y le preguntó a mi padre si no le iba a ofrecer un tequila. El tequila ya se acabó, David, nomás nos queda aguardiente. Jaramillo se volvió a poner la gorra y clavando la punta de su bota en el suelo le dijo que le debía dar vergüenza que sus hijos anduvieran robando chupe barato para sus borracheras, luego le depositó toda la mirada en los ojos y le dijo que él siempre lo había tratado con respeto, que por favor fuera consecuente y se dirigiera a él como teniente coronel, que ya habían ganado la guerra. Qué es lo que quiere, preguntó mi padre todavía nervioso. Básicamente, respondió, un poco de cortesía. Papá se sonrojó y les pidió que pasaran al corredor y se sentaran. Ayúdenme, dijo levantando la mesa y los equipales, en lo que voy por la botella y los vasos; no tengo servicio: mandé a la criada y las niñas a otra casa cuando supe que venían. Jaramillo se rió casi con tristeza. Pues qué cree que somos, dijo entre dientes. Revolucionarios, dijo mi padre. Por eso; ándele, ya no sea estirado y vaya por ese aguardiente, queremos platicar con usted y con Garmella. El doctor no está en Zapotlán, mi teniente, reconvino mi padre, pero creo que nomás no va a poder salir de su cuarto hoy mismo; anda mal. Peor para él, hágale la lucha a ver si se puede alevantar. Antes de irse por la botella y los vasos mi padre cruzó miradas con nosotros. Nos apostamos en el macetero de frente a los revolucionarios, con las escopetas todavía listas sobre las piernas. Jaramillo nos sonrió con franca ternura. El capitán nada más se tocó el sombrero.

Papá regresó con el aguardiente, los vasos, y sin el doctor. Está demasiado pedo, dijo sin poderse aguantar la risa. Sirvió. La respetabilidad que había recuperado de golpe, y tal vez por oposición al desastre de Garmella, le permitía ignorarnos como si no hubiera estado vivo gracias a nuestras incursiones en el exterior. En qué les puedo servir, dijo después de sentarse.

Jaramillo le explicó que los jefes de todas partes habían acordado juntarse en Aguascalientes para decidir quién iba a mandar al pueblo que había ganado la guerra. El pueblo no existe, respondió mi padre, es un invento de la Ilustración. Onde no, dijo el capitán. Venga a verlo, complementó el teniente coronel, ai está afuera mi general Cisniegas con cinco mil pelados armados hasta los dientes que si no son el pueblo no sé qué podrían ser. Y qué quiere el pueblo de mí, dijo mi padre. Con todo respeto, al pueblo usted le vale madres, pero Cisniegas y yo pensamos que Garmella le haría un bien a la patria acompañándonos a la Convención; todos los demás jefes traen letrados de verdad que se les han ido sumando en las ciudades y Cisniegas nomás cuenta conmigo, que nunca me he puesto una levita. No sé si mi compadre esté interesado. Villa va a mandar a don Luis Cabrera; ni modo que Cisniegas salga nomás con un maestrito. Pero Garmella es el enemigo, mi teniente coronel, dijo mi padre. El capitán se alzó un poco el sombrero y dijo: La otra mitad de los jefes también, así que se van a entender. Jaramillo le daba vueltas a su quepí sobre el dedo índice.

Mi padre bajó la cabeza murmurando: Entonces a Aguascalientes con los jefes. Nos volteó a ver, se rascó la cabeza, preguntó: ¿Y si Garmella no quiere? Los militares cruzaron miradas. Dijo el teniente coronel: Nos lo llevamos a chilazos, al cabo que ni se va a enterar. Y nos devuelve el oro aquí pa su capitán, agregó el sombrerudo. Mi padre respiró hondo y dijo: Está en su cuarto, vayan por él: no tiene nada que perder; y el oro es mío, me lo gané en una transacción legítima. Garmella y el oro, dijo el capitán, levantándose de la mesa; traigo instrucciones específicas, estaba agregando, cuando Juan alzó su carabina y le clavó una bala entre los ojos. Cayó al suelo redondo.

Jaramillo nos miró entre la curiosidad y el asombro. Juanito lo tenía centrado. Yo alcé la escopeta. Mi padre, rojo de adrenalina, se levantó, tomó distancia para que no le lloviera en caso de que el asunto se pusiera peor y agregó: Garmella y un costal de oro; a cambio de su palabra de que me va a traer un salvoconducto firmado por el mismo Cisniegas y diez bravos que nos escolten hasta Guadalajara. El teniente coronel se puso la gorra. Dijo: No los va a necesitar con estos muchachos que tiene y a Aguascalientes tiene que ir toda la tropa, pero el salvoconducto se lo extiendo con gusto; sáqueme a Garmella de la cama y lo manda a El Limoncito.

Se metió las manos en los bolsillos, se dio la media vuelta y se perdió por el portón sin despedirse. Ya que no nos podía escuchar, mi padre pateó el suelo y gritó: Carajo, Juanito, yo me quería ir a Aguascalientes a platicar con don Luis Cabrera. Sin querer lo habíamos condenado a vivir el resto de su vida en calidad de reaccionario.

LO MÁS RÁPIDO es agarrar por la calzada, dijo uno de los Justicia, revisando cuidadosamente un mapa desgastado en los dobleces mientras su hermano avanzaba librando los baches llenos de lodo con un cuidado que denunciaba que ese coche sí era suyo. Estás loco, le respondió Ladon: toda la policía nos va a estar esperando en Revolución. Manejaba con una parsimonia francamente inquietante: por más que hubieran cambiado de coches varias veces y llevaran como coartada a un par de viejos en el asiento trasero, una granada de mano en la puerta del Consulado gringo suponía, a juicio de Longinos, involucrar de entrada a la Federal de Seguridad y el Ejército. Me voy por callecitas, dijo Ladon, y vamos improvisando. El copiloto guardó resignadamente el mapa en la guantera y encendió la radio.

Antes de la partida Longinos se había quedado solo en el coche durante unos minutos, calculando dónde estaría y cuáles serían sus posibilidades de huir —nulas, concluyó rápidamente, considerando su edad y circunstancia.

Había cerrado los ojos resignadamente —la cabeza echada para atrás en el asiento, la baba escurriéndosele sin que pudiera recogerla debido a las esposas que le lastimaban rapazmente las muñecas. Los hermanos Justicia volvieron a salir al poco. Se habían cambiado los atuendos tirados al norte con que habían cometido el atentado –botas, camisas de vaquero estampadas, pantalones de mezclilla ajustados– por prendas que los hacían ver más jóvenes y urbanos: pantalones de lona, zapatos tenis y camisa de vestir uno y el otro vaqueros, camiseta estampada con el emblema de alguna banda de rock y botas de obrero. Habían salido de su casa cargando maletas y un par de paquetes de cartón atados con un mecate, que metieron en la cajuela. Hasta entonces se dio cuenta de que eran gemelos.

El que le había puesto las curitas cargaba además con una mochila en la espalda que dejó en manos de su hermano apenas se acercaron al coche. Se subió por el lado del volante, confirmando que era el de mayor ascendencia entre los dos. Detrás de ellos iba una señora madura, con el pelo pintado de un rojo notabilísimo y ropa deportiva color rosa; llevaba una bolsa de mercado repleta de estambres que, al meterse al asiento trasero, colocó con cuidado entre sus pantorrillas y la portezuela.

Hubo una presentación rápida y tensa: Don Longinos, éste es mi hermano Álistor y ésta Juana, nuestra señora madre, a lo que el viejo respondió con un murmullo y una inclinación de cabeza poco entusiasta. La señora Juana meneó el culo sobre el asiento como si se estuviera preparando para empollar un huevo. Una vez que hubo marcado su sitio, sacudió una mano para saludar a Longinos y no dijo nada más.

Todavía se detuvieron, antes de hacerse al camino, en una peluquería del barrio para que les quitaran la greña y los bigotes de norteños. Doña Juana se bajó con ellos y dejaron a Longinos en el asiento de atrás durante un buen rato. Desde su chaparra atalaya involuntaria el viejo vio a través del vidrio de la peluquería que ambos jóvenes discutían airadamente con su madre. Cada tanto ambos bajaban la cabeza, contritos. Pensó que estaba jodido pero con unas ganas que no había tenido en mucho tiempo de seguir vivo y volvió a echar la cabeza para atrás y cerrar los ojos. Cuando los volvió a abrir los hermanos Justicia avanzaban con apariencia de niños buenos rumbo al coche. Viéndolos acercarse, el viejo pensó que podrían ser un par de estudiantes promedio de la atribulada clase media de cualquier ciudad del centro del país. Pensó que Félix los podría haber llevado cualquier día de su juventud a comer a La Paloma y él jamás habría sospechado –de haberlos conocido, cosa que no hubiera sucedido porque nunca estaba en casa– que se trataba de un par de disidentes políticos ya listos para tomar las armas.

Se subieron al coche, Ladon al volante y su hermano desplegando mapas con toda seguridad. Fue hasta entonces que Longinos supo que la expedición partía del menesteroso barrio de San Andrés. Lo supo cuando cruzaron la avenida Mercedes Celis, a unas nerviosas cuadras de las oficinas de la Federal de Seguridad.

Bajaron con calma de ciudadanos desorientados por la Cañada camino a Tonalá, siguiendo las rutas frecuentadas por pickups y camiones de redilas. Iban escuchando distintos programas de noticias en los que no se mencionaba el atentado. Mejor pongan música, pedía Juana, sin mayor énfasis, cada que cambiaban de estación.

Entre Agua Escondida y el caserío de El Saucito captaron el corte informativo de la radio pública del estado. El locutor informaba que un estadounidense y dos mexicanas habían sido atendidos en la Unidad Médica Dr. Mario Rivas Souza por el estallido de una tubería de gas durante la descarga matutina del combustible en el Consulado estadounidense. Que el norteamericano había perdido la vida tratando de salvar a las secretarias, internadas en terapia intensiva, y que el edificio había registrado daños menores; luego, el comunicado continuaba anunciando que las oficinas de la representación diplomática abrirían al público tan pronto se arreglaran los daños del edificio, que los trámites urgentes serían atendidos, mientras tanto, en la Oficina Consular de San Miguel Allende. Luego pasaba a otra cosa.

Longinos, que puso más atención a las reacciones de los hermanos que a la lectura de la nota —no había que escucharla completa para saber de qué se trataba—, tuvo por primera vez la sospecha de que estaba en la compañía de profesionales: si bien intercambiaron una mirada cuando el locutor empezó a comentar la información, la oyeron fríamente; el conductor atendiendo al camino como si nada y su hermano llevando algún ritmo en el descansabrazos y mirando por la ventana.

Cuando se terminaron las noticias deportivas Álistor se dedicó a buscar una estación con música. Doña Juana, que quién sabe qué tan al tanto estaría de lo que había sucedido, tampoco dio ni un respingo, ocupada como iba desde hacía un rato en el tejido de lo que parecía un suéter.

Longinos calculó que si, tal como traslucía el comunicado, en lo que habían cambiado de coches, pasado por doña Juana e ido a la peluquería, los gringos ya se habían desistido de hacer un escándalo, el asunto había sido negociado directamente entre Palacio Nacional y la Casa Blanca. El problema era, entonces, puramente político e iba a ser tratado como se tratan las cosas serias en México: en secreto y sin dejar huella; el peor de los panoramas imaginables.

Deseó que los hermanos Justicia estuvieran lo suficientemente locos para no permitir que los agarraran vivos: había podido oler en la redacción perfecta del comunicado –una redacción hecha en la capital que seguramente se reproduciría idéntica en el resto de los medios–, la mano gris de la Dirección Federal de Seguridad. Se preguntó cuántas horas de tortura científicamente administrada requerirían de él para convencerse de que no tenía nada que ver con el atentado y darle un tiro. No sería el primer Brumell cuyo cuerpo sería encontrado en una zanja, pero sí el único que llevaría el balazo en la nuca y no en la cara. Entonces pensó que el par de esposas era su mejor aliado: si los atrapaban, como seguramente sucedería en cuanto tocaran una carretera federal, sus grilletes eran la prueba de que no iba con ellos voluntariamente. Cerró los ojos una vez más.

El resto de los pasajeros no parecía nervioso. Habían sintonizado un especial de Roberto Carlos, que estaba por dar un concierto en Guadalajara. Al parecer los hermanos Justicia no eran afectos al cantante brasileño, pero su madre se había empeñado no sólo en escucharlo sino en seguir las canciones con un murmullo ronco que a Longinos le recordaba los remotos rosarios que las Villaseñor rezaba en compañía de Andrés antes de la merienda.

El camino era de dos carriles y competían por él, además de los transportes comunes en una zona más o menos rural –coches destartalados cubiertos por costras de tierra y camionetas cargadas de legumbres–, autobuses foráneos de tercera clase y camiones de transporte público que se paraban cada demasiado poco tiempo por pasaje.

La carretera habría sido hasta pintoresca en un contexto menos sufrido: a sus veras había sembradíos, algunas huertas y campesinos de ojos siniestros esperando el fin del mundo bajo sus sombreros. Pero el coche era un horno, las canciones de Roberto Carlos insoportablemente ñoñas y doña Juana, que se oponía a que se abrieran ventanas para evitar que se metiera el polvo, llevaba un perfume de juguete que le taladraba a Longinos un agujero entre la nariz y el cerebro.

Las esposas, a pesar de su calidad de salvoconducto en caso de que los agarraran, eran la prenda más incómoda que el viejo había usado en toda una vida de catrín vestido de apreturas. Cada tanto le picaba algo en la cara o el cuerpo y sentía que iba a enloquecer por no poderse rascar. Tampoco se podía secar el sudor, por lo que los ojos le ardían cada que una gota le resbalaba por la frente.

No tuvieron más remedio que volver a entroncar con una vía importante, Río Nilo, y más grave todavía, cruzar Tonalá, donde registraron con claridad la magnitud del movimiento policiaco que habían desatado. Longinos vio desde la distancia onírica que le imponían el vidrio cerrado y el vuelo atronador de las atarantadas armonías del baladista brasileño que todas las esquinas del centro del pueblo estaban resguardadas por una patrulla de la policía municipal.

Avanzaron con la lentitud propia de las urbanizaciones desbordadas, que son todas las de México. Los coches iban defensa contra defensa y se detenían a cada cuadra por efecto del exceso de semáforos: airosas medallas del progreso siempre mal distribuidas. Doña Juana comentó que el aire estaba encerrado y, finalmente, bajó el vidrio, concediéndole un respiro minúsculo a Longinos. El tumulto urbano se precipitó al interior del coche. Álistor subió el volumen de la música. El viejo, crispado, atendió a la concentración con que los policías miraban el paso de los coches desde el interior de las patrullas. Cerró los ojos. Doña Juana estiró una mano y le hizo una suerte de masaje en el hombro derecho, que quedaba a su alcance.

La mujer dejó la mano en el hombro del viejo, haciendo una presión bien definida cuyas intenciones se le escapaban: algo entre el consuelo y la amenaza. Para bien o para mal ella estaba ahí, junto a él. Se volvió a mirarla y no obtuvo respuesta: ella veía distraídamente hacia los comercios de la calle, el tejido descansando en la mano derecha. Entonces enfocó en el retrovisor y vio los ojos de Ladon. A pesar de la dureza que seguían velando traslucían un mínimo temblor de súplica que asoció con los celos hasta que notó que Álistor le señalaba a él mismo con un gesto que mirara hacia delante.

A tres cuadras, estacionados en batería junto a la plaza, había cuando menos cinco coches de policías sin marcas. Al otro lado de la calle, un grupo de agentes sin uniforme oteaba con distracción impostada el paso de los coches. El tráfico era denso, de modo que iban a tener que pasar frente a ellos, cargados de sus crímenes y a la velocidad fulgurante de las gallinas.

Longinos, que para ese año de 1973 ya había actuado en todos los corrales de la patria, supo oler la expectación de los policías: su aparente desatención era en realidad la expresión de una apertura extrema de los sentidos; la expectación ante cualquier señal que delatara la menor anormalidad en el comportamiento de alguien.

Ese tipo de caracteres no habían formado parte de la economía política de su infancia y primera juventud: la parte final de la Revolución había implicado tantos fusilamientos y masacres que el gobierno alcanzaba para todos los generales que quedaron vivos. El Estado revolucionario había nacido sólido y como bañado por las aguas puras de su propio espíritu autodestructivo: era un mundo sin recovecos en el que se ganaba o se perdía y según cayera la moneda uno acababa en Palacio Nacional o el paredón de manera indistinta, a veces hasta consecutivamente. Nadie aspiraba a más que una muerte de hombre: orgullosa y cabrona.

Los oficiales de inteligencia profesionales no fueron una necesidad real hasta los tiempos en que Vasconcelos se postuló para presidente. Fue entonces cuando el candidato de la Revolución organizó un ejército de comadrejas con la oficialidad desempleada de la ciudad de México: escuchaban, indagaban, secuestraban, obtenían información a cualquier costo y con un placer demasiado cercano al bajo vientre para no ser preocupante. Al final, pensó Longinos viéndolos todavía a distancia por el parabrisas delantero, son el brote natural de un sistema de justicia en el que uno es culpable hasta que se demuestre lo contrario.

Tal como había sucedido cuando escucharon el boletín informativo sobre el estallido en el Consulado, los hermanos Justicia y su madre actuaron con naturalidad casi inhumana. Ladon se unió en coro a su mamá cantando «Gato en la oscuridad» y Álistor impostó una aburrición perfecta. Longinos, por su parte, sudaba a chorros. Estaba acostumbrado a la ilegalidad, pero en la medida en que lo suelen estar todos: un espacio negociado en el que autoridades e infractores están de acuerdo, si no en todos los términos, cuando menos en la noción de que al final se va a llegar a algo que convenga a los presentes.

Ladon, que le dedicaba miradas cada tanto por el espejo, interrumpió a media estrofa la canción de Roberto Carlos para decirle que se tranquilizara, que no pasaba nada. El viejo asintió con la cabeza. El joven retomó la canción, no sin antes hacerle notar a su madre lo perfectamente absurda que era: Tiene usted que reconocer, dijo, que la frase

85

El gato que está
triste y azul
nunca se olvida
que fuiste mía

ni siquiera se entiende. Seguro en portugués es perfecta, anotó la señora, antes de seguirse de frente con la estrofa que seguía.

Todavía estaban a dos cuadras del edificio de los judiciales —la realidad decantándose en cámara lenta al interior del *Enterprise* mientras afuera el mundo se revolvía a su velocidad de siempre— cuando Longinos sintió que estaba frente a una raya que podía elegir cruzar o no. El semáforo se puso en rojo. Bastaba con que, al pasar frente a ellos, diera un grito, o se sacudiera un tanto para llamar la atención. Lo encontrarían esposado, lo liberarían y sus tres acompañantes irían a dar a un infierno que probablemente no se merecieran. Empezó a temblar de miedo. Tratándose de controlar, respiró hondo y miró a los cerdos a través del parabrisas, todavía estaban lejos.

Tenían algo de obispos malditos: el sobrepeso, la mirada esquiva, los trajes grises, el miedo de los que saben que al final los está esperando una condena monumental y por tanto la van repartiendo entre sus compañeros de viaje antes de que se los lleve a ellos. Organizados en sus pequeños corrillos al frente del edificio de gobierno, podrían haber sido unos seminaristas inflamados haciendo filas a las puertas del Juicio.

Se le nublaron los ojos de miedo y empezó a murmurar como para sí mismo que se los iba a llevar el carajo. Los hombros se le sacudían incontrolablemente entre suspiro y suspiro.

La canción de Roberto Carlos se había terminado. El

coche volvió a detenerse y Ladon, que lo había venido vigilando por el retrovisor, se dio la media vuelta. Tenía las cejas levantadas y ese aire mitad rabioso y mitad suplicante con que los padres ven a sus hijos cuando están emberrinchados. Longinos buscó la solidaridad de doña Juana y al voltearse hacia ella notó que también lo miraba, aunque con desprecio puro y duro. Los coches no se movían. Ladon bajó el volumen de la radio en la que un locutor parloteaba incansablemente y, vuelto como estaba, le dijo: Qué pasa, don Longinos, ¿quiere que nos maten a todos? Álistor se volteó a mirarlo y agregó con el infinito aburrimiento que había adoptado una cuadra antes: Está usted consciente de que morirnos es lo mejor que nos puede pasar ahorita; ándele, póngase a dar de brincos, azote la cabeza contra el vidrio y que se arme la balacera. Se sacó la pistola de la base de la espalda como si no estuvieran a unos metros de todos los cuerpos policiales de Jalisco: O usted cree que nos vamos a dejar agarrar vivos.

Longinos, como si necesitara explicarse, agregó: Cuando menos entiendan que soy el más jodido de todos; yo nomás iba pasando por el Consulado. Y a cuánta gente que nomás iba pasando no se ha chingado usted, don Longinos, preguntó doña Juana; una billetera como la suya no se retaca con villancicos.

El viejo pensó en sus hijos, que habían crecido con un padre ausente aún en las ocasiones en que él estaba en casa; pensó en el teniente coronel Jaramillo, a quien dejó sin esposa ni honra; pensó en las caras de los rancheros –todos le parecían idénticos– a los que había estafado una y otra vez para satisfacer a una camarilla de crápulas en la capital; pensó en lo poco que quedaba de sí mismo. Los coches de atrás empezaron a pitar: los de adelante ya habían avanzado.

Los policías municipales miraron en dirección a ellos.

¿Ya vio?, dijo Ladon, ora todos nos están viendo. Longinos hizo un rictus casi de risa y se alzó de hombros. Qué quieren que haga, estoy jodido. Doña Juana dijo: Ay Ladon, pa la otra secuestra a un hombre por favor. Álistor volteó a verla con mirada de sorpresa: Más respeto y menos favoritismo, dijo, yo también lo secuestré. La señora dejó pasar el gracejo. Ordenó en dirección a Ladon: Párate en la puerta de ese garaje y le quitas las esposas para que siquiera se pueda limpiar los mocos en lo que intercambiamos plomo con los tiras; de todos modos lo que sigue es vivir como ratas y yo ya no tengo edad para eso; que haga su numerito y que lo acuesten, nosotros siquiera tenemos con qué defendernos. Luego se puso a hurgar en la bolsa de estambres hasta que encontró una escuadra de cuarenta y cinco milímetros que atoró entre la orilla del asiento afelpado y la puerta. Pasó un dedo casi erotizado por el lomo del cañón y añadió como para sí: A este cuero todavía le salen correas.

El viejo miraba a doña Juana con los ojos pelones y la boca abierta cuando Ladon hizo la hombrada de orillarse en el espacio libre de una cochera, se bajó del carro azotando la puerta y abrió la del viejo. Lo empujó hacia delante con rudeza –su frente rebotó en la cabecera del asiento delantero–, le quitó las esposas, las tiró a la parte de adelante del coche –Álistor se tuvo que agachar para que no lo descontaran–, se volvió a subir y arrancó. Mientras maniobraba para volver al río de coches, le dijo al viejo: Órale, se puede ir cuando quiera y miró con resignación a su madre y su hermano, que aprobaron alzando la trompa y afirmando con la cabeza.

Longinos se quedó quieto, confundido más por la humillación que representaba haberse quebrado frente a alguien con huevos de oro que por la inminencia de la confrontación con los policías. Notó que apenas les habían puesto atención: uno, al pie de una patrulla, le hizo a Ladon una señal de que se apresurara a circular. El joven alzó una mano como para agradecer la paciencia del oficial. Se reintegraron al río de coches.

Después de unos segundos Longinos, sintiéndose con la obligación de destensar la situación tan bochornosa que había protagonizado, le comentó a doña Juana que los muchachos estaban bien entrenados: no podía creer que los policías no se hubieran dado cuenta de lo que había sucedido en el coche. Yo los enseñé a aguantar el miedo, respondió la mujer con orgullo, y si uno no tiene miedo puede hacer lo que se le dé la gana; son técnicas de la Mossad. ¿La Mossad?, preguntó el viejo alzando las cejas. Ya casi nadie las usa –agregó la mujer–, pero yo prefiero los clásicos. Los hermanos intercambiaron muecas. Doña Juana retomó el estambre y las agujas y anotó con nostalgia: Eso lo aprendimos el padre de los muchachos y yo cuando servíamos en Paraguay. ¿La Mossad en Paraguay? La pasamos bien ahí. ¿Pero cómo la Mossad? ¿Son judíos?, preguntó Longinos. Mercenarios, dijo la señora, y siguió: O él, yo nomás lo iba siguiendo cuando se podía, como su adelita, hasta que nacieron los muchachos y ya me quedé aquí en Guadalajara. Suspiró. Era bueno, mi Julián Justicia, hasta que cayó en combate, ya sabe cómo son los chilenos. Uno no puede trabajar con la Mossad y apellidarse Justicia. Era su nombre del pueblo, se lo dejamos a los muchachos.

Se volvió a poner el alto, los cerdos escrutaban discretamente los coches desde la siguiente esquina. No le haga caso, dijo Ladon viendo por el retrovisor, lo de trabajarle la culpa al cliente sí es típico de la Mossad, pero la onda de ponerse como loco a unos metros del retén la aprendimos ya nosotros solos en Nicaragua; ¿o fue en Cuba?, añadió mirando a su hermano. Sabe –contestó el otro, sacándose la cerilla de una oreja y olisqueándola–, los pinches cubanos andan por todos lados, son unos lacras. Doña Juana liberó una aguja y le pegó en la cabeza: No seas lépero, dijo. Estamos entre amigos, respondió el otro. Longinos dirá si estamos entre amigos o no, agregó Ladon. Se puso el siga: estaban a unos metros del piquete de judiciales. El viejo guardó un silencio que le incomodó más a él mismo que a los otros.

Doña Juana pidió que le subieran el volumen a la radio: estaban programando «Qué será de ti», que al parecer era una de sus favoritas. Álistor dijo, dirigiéndose a su hermano: Ésta es igual de mala que todas las demás, pero tiene un gran momento poético. Roberto Carlos no tiene momentos poéticos, respondió Ladon. Vas a ver que sí: todo trovador, por más chafa que sea, tiene su momento Villaurrutia. Man, no puedes comparar a este cretino con Villaurrutia. Ya verás. Lo que pasa –intervino la madre– es que ustedes han estado tan ocupados con las peludas de sus círculos marxistas que no saben de romanticismo. Los hermanos se vieron uno al otro arqueando las cejas y emitieron un ¡Uuuh! prolongado que Longinos no celebró sólo por pudor.

El tráfico se movía a empellones, el copiloto se volvió hacia él y cruzando el brazo sobre el asiento corrido le preguntó si estaba de acuerdo en que el verso de Roberto Carlos era bueno. Sus dedos jugueteaban con el velur del asiento. El viejo movió la cabeza con un gesto lastimero, luego se rascó una oreja: no recordaba de qué verso estaban hablando. Tendrías que preguntarle a mis hijas, señaló: yo soy más bien de la época de Agustín Lara. Obviamente, dijo su interlocutor, mi Ladon tampoco ha estudiado su Roberto Carlos por estarse comprando discos de Silvio, el cursi, Rodríguez; si no, ya me habría dado la razón. Doña Juana, sin dejar de atender su tejido, anotó que si a Longinos le gustaba Agustín Lara, seguro le gustaría el cantante brasileño, eran igual de románticos; nada más tenía que poner más atención. Señora, dijo el viejo a manera de disculpa, considere que me están secuestrando. Dale con eso, increpó Ladon desde adelante.

La luz volvió a cambiar a verde. Mira nada más, comentó doña Juana mientras avanzaban directo a los policías vestidos de civil. No haces uno con todos, agregó Ladon. Álistor y su madre los escrutaban sin ningún pudor. El viejo, la boca seca, trataba de decir que tampoco los provocaran –doña Juana ya estaba impostando un saludillo militar con la aguja de tejer– cuando el copiloto alzó las manos y pidió silencio llevándose el dedo índice a la boca. Recorrió todo el interior del coche con la mirada, extendió el dedo en un gesto profesoral y dijo: Los versos de Villaurrutia, si se acuerdan, son

> Y mi voz que madura
> Y mi voz quemadura
> Y mi bosque madura
> Y mi voz quema dura.

Ahora escuchen esta obra maestra. Yo conocí a Xavier Villaurrutia, dijo Longinos, un gran calavera. Bien por eso, dijo Ladon, pero cállese, ahí viene.

Roberto Carlos, en lo que parecía más bien la impostación irónica de un rapto emocional, cantó:

> Ven, que el tiempo corre
> y no se para.

Genial, interrumpió Álistor. Ladon y su madre cruzaron miradas. Eres un menso, dijo la mujer. Longinos admi-

91

tió que no había entendido. Ahí vienen otra vez, dijo Álistor. Pónganle atención. La bocina de la radio repitió:

Ven, que el tiempo corre
y no se para.

La mirada de Ladon brilló en el retrovisor; soltó una carcajada. Genial calambur, ¿no? Y repitió el tropo: El tiempo corre y no se para, el tiempo corre y nos separa, y la tercera lectura, de orden eréctil, ya me la ahorro por respeto a mi señora madre aquí presente. Álistor se carcajeó. Yo no le veo la gracia, dijo doña Juana: que un hombre se quede impotente por mal de amores es una cosa terrible.

El viejo se limpió el sudor de la frente y respiró honda y aliviadamente: acababan de cruzar la calle que seguía al palacio y frente a ellos se abría la avenida ya sin vigilancia. A veces la belleza nos destruye, dijo.

Siguieron de frente, los Justicia todavía chacoteando, y él hundido en el sopor dichoso de los que se salvaron. Cerró los ojos. Síguete derecho un poquito más, escuchó que decía Álistor, el libramiento es carretera federal, así que seguro hay retenes, pero si te vas por aquí mismo la cruzamos por abajo. El camino ya estaba despejado.

Para Longinos el alivio era tanto que hasta disfrutó de las siguientes tres o cuatro canciones del brasileño. Doña Juana insistía cada tanto: ¿No le digo que es buenísimo?

Cuando se terminó el especial el copiloto le cambió a la radio. Transmitían un programa de música en inglés. Dale con los Imperialistas del Rock, dijo Ladon, pero no trató de cambiarle.

Siguieron sin parar hasta el puente del libramiento, en cuya parte de arriba, tal como había predicho el copiloto, había un retén militar. Detuvieron el coche justo debajo.

¿Y ahora?, preguntó Longinos. Ladon descendió, abrió la puerta del viejo, le puso de nuevo las esposas con menos violencia pero igual fuerza que cuando se las había quitado y regresó al volante. Si agarras Arroyo de Enmedio, dijo Álistor consultando el mapa, salimos directo a la libre.

DIGAN LO QUE digan los doctos en cursilería que se han apoderado de este país que alguna vez se envaneció del furor de su gente, no hay nada menos memorable que una infancia provinciana. Todo elogio de la provincia termina siendo un comentario sardónico sobre el aburrimiento.

Los pueblos chicos, como el campo, tienen la particularidad de hacer de los niños criaturas sangrientas y correosas. A los ocho años yo ya sabía castigar a una bestia para que hiciera lo que yo mandaba y tenía clarísimo que el mundo estaba dividido entre los que se van a quedar donde están y los que van a seguir jodiéndolos, primero para asegurarse de que sus hijos tengan lo que tuvieron ellos y luego nomás para seguir jodiéndolos. Sabía que aquel corderito tan mono y con listón al que mis hermanas habían llamado Angelito era, en realidad, el portador de unas costillas para ser asadas con miel; sabía lo que le duele a un becerro pertenecer a un redil; sabía trasquilar una borrega bronca y de habernos quedado más tiempo en El Limoncito habría también aprendido a amarla.

En Guadalajara no había borregas y sí había escuelas de verdad –la de Autlán, a la que de todos modos nunca fui-

94

mos porque a los ricos se les instruía en casa, era nomás un corredor de chamacos. En lugar de peones había criadas, coches en lugar de caballos, parques en lugar del monte. Mis pantalones de mezclilla y mis camisas a cuadros de algodón fueron sustituidos por prendas almidonadas que raspaban como lija y sacaban salpullido –contra lo que creen los tapatíos, que están seguros de que viven en Suiza, en Guadalajara siempre hace un calor insoportable. Tal vez el peor de aquellos padecimientos eran los rigores de las calcetas españolas, que dejaban los chamorros acanalados.

Si viniendo de un periodo común en nuestras vidas de rancheros Guadalajara nos habría parecido una plancha de acero sobre el lomo, estando como estábamos perfecta y triunfalmente habitados por el genio feliz de la anarquía revolucionaria, la vuelta a las disciplinas tradicionales de una familia funcional no era ni siquiera administrable por nuestras conciencias.

A nosotros también nos había liberado la alzada de los jodidos históricos, tal vez de maneras más retorcidas, pero no por ello menos efectivas. Nos habíamos acostumbrado a mandarnos solos y aunque el sistema no era propiamente legal, nada lo era por entonces, de modo que el universo de criadas y persignados que dominaba la vida tapatía nos dejaba fuera de lugar: las Villaseñor, por ejemplo, iba diario a misa de siete con Andrés y las recompensas del día estaban directamente asociadas con la asistencia voluntaria al servicio, al que ni Juan, ni yo, ni los esclavos atendíamos, a menos que tuviéramos algo que negociar.

Nos despertábamos antes que nuestra madre, al alba, y acechábamos su salida al templo de Santa María de Gracia como tigres en pijama desde las camas inflamadas de cobijas y encajes. Mi padre, que tardó más bien poco en recuperar su nivel de tequila en la sangre una vez que se encontró de nuevo al resguardo de una casa mantenida en funciones por otros, nunca se levantaba antes de las diez. Una vez que escuchábamos que las Villaseñor y Andrés habían salido, corríamos en tropel a la cocina, donde la nana, a pesar de la guerra perpetua de las criadas de ciudad, ya estaba preparando un desayuno de rancho: huevos con carne seca ahogados en una salsa picosísima, tortillas, café, nada de pan y, sobre todo, nada de leche –jugo de vaca.

Desayunábamos a toda velocidad y sin cubiertos ni servilletas en la mesa de la cocina, empujando el huevo con tortillas. Nos tomábamos el café parados y salíamos a comer la fruta trepados en el arrayán que marcaba los linderos de la casa señorial de las Villaseñor.

La elección del cuartel era interesante porque había otros dos árboles, también plantados en cajetes alrededor del pozo, pero teníamos conciencia de que no cualquiera, y mucho menos alguien de ciudad, se podía subir a un arrayán: su corteza es tan compacta que es como treparse a un ropero.

Escupíamos las pepitas desde las ramas y lanzábamos el corazón de la fruta con todas nuestras fuerzas para que alcanzara el exterior, muy a menudo acompañado de una invectiva contra lo que fuera. Luego dedicábamos esos únicos minutos de barbarie de que íbamos a disponer durante el resto de la jornada a fantasear sobre cómo deshacernos de las criadas o lo que le haríamos a Andrés una vez que fuéramos de su tamaño. A veces los esclavos, encabezados por Ginebra, que de plano nunca se pudo adaptar a la ciudad, jugaban a que eran revolucionarios acribillando pelones desde las almenas de un casco. Aquéllas eran, para mí, las mañanas más irritantes –no estaba consciente todavía de que el mal humor es la forma más aguda de la tristeza– y eso que no sabía que nunca más íbamos a volver a cargar un revólver, a nadar encuerados en una pileta, a ver todo el universo desde la cresta de una huerta.

Teníamos la impresión, errónea, pero que nos mantenía modestamente vivos, de que nuestro padre iba a regresar algún día de su torpor alcohólico y nos iba a devolver a la libertad de un rancho. No sabíamos que en su fuero íntimo él ya había tomado la decisión de beberse todo el oro que se había ganado sin pelear la guerra sentado al fresco del corredor. Intuíamos que el paso indispensable para deshacernos de la tiranía de los almidones y los cubiertos pasaba por la aniquilación de su modorra: en nuestras fantasías, un día llegábamos del mercado o la escuela y lo encontrábamos sin el saco y la corbata que lo apocaban. Había cambiado sus zapatos por botas y sus trajes de lana por pantalones recios de mezclilla y camisa ranchera, llevaba otra vez sombrero de alas voladas y la pistola al cinto que en la ciudad no se le permitía más que a los políticos y los militares. Se quitaba el sombrero, se tallaba el pelo como solía hacerlo cuando gobernaba sobre un mar de peones y encabezaba una cabalgata hacia un lugar cuyo final estaba muy lejos.

Entonces escuchábamos el cerrojo de la puerta siendo descorrido para que cuando volviera las Villaseñor la encontrara entreabierta y sabíamos que estaban por dar las ocho, que había que ir a las habitaciones a vestir los pantalones de dril y las calcetas de hilo, que de entonces en adelante no habría más voluntad en casa que la de los que sí habían ido a misa: que casi siempre era sólo Andrés, el hermano solitario.

Hubo entre el parto del mayor de nosotros y el mío cuatro años en que mi padre no tuvo puntería o mi madre infortunio. Según entiendo, mi abuelo mandó a nuestro padre a Guadalajara, cuando tenía dieciocho o diecinueve años, para que aprendiera los usos de la vida en sociedad a

la que las hectáreas autlenses le daban derecho. Mi abuelo
tenía un hermano, bastante mayor que él, que en los tiempos de la invasión de Napoleón III había sido partidario de
Francia y había terminado beneficiándose a su manera cra-
pulesca del remoto esplendor de la corte imperial –según
entiendo, fuera de la capital de la República, toda la puñeta
del Segundo Imperio se vivió como algo entre una carnicería y un entremés vanguardista.

Lo único que mi padre me heredó de su tío, y que
cuenta más bien como acto de fe, es una fotografía en la
que el malogrado emperador Maximiliano, sin sospechar
que pronto tendría el pecho retacado de plomo, jugaba al
críquet con una larga partida de lambiscones. Es una de
esas fotografías decimonónicas casi indiscernibles debido a
que el talento de los artistas de entonces era todavía tan
rudimentario que se captaba una cara o un plano tan abierto que no se ve nada. Están al parecer en el valle de México,
dado que se adivina el dibujo sagrado de los volcanes a sus
espaldas, en un gran llano, todos en fila delante de unas
tiendas blancas. Al centro de la galaxia de personalidades
entre las que alguien mejor que yo seguramente podría reconocer a algunos de nuestros oportunistas históricos más
puros, se encuentra el pobre emperador, vestido de blanco
y con sus bigotes de pastelero. En el brazo más distante de
la galaxia hay un señor vestido de negro y con sombrero al
que definitivamente no se le ve la cara. Sobre su cabeza alguien escribió el nombre de nuestro pariente: Andrés Brumell de Pelayo; creemos que él mismo porque sería el único
capaz de anteponer el «de» a un apellido tan autlense y ci-
marrón como Pelayo.

Fusilado el emperador y derrumbada su pantomima, el
tío De Pelayo volvió a Guadalajara, donde el núcleo católi-
co duro –es decir, todos– lo recibió como a un excomba-

tiente y le abrió un espacio en la política local bajo el disfraz de liberal moderado –en Jalisco el espectro político se divide en dos partes: los ultraconservadores y los que están a su derecha. Hasta donde supimos por las historias que de vez en cuando se deslizaban entre las conversaciones de mi padre, el tío Andrés –en cuyo honor bautizaron a mi hermano mayor– medró lo suficiente de la política municipal para retirarse con una posición cómoda cuando alguno de los escándalos eróticos que al perecer tendía a protagonizar colmó la tolerancia pública. Pasó años más o menos aislado de las funciones sociales sin tener que hacer nada más que lo que le gustaba: trasquilar viudas a las que la leyenda dice que sometía a servidumbres no vistas en una ciudad en la que no se sabía que las mujeres braman cuando están contentas y leer los libros y revistas que le llegaban en embarques de Francia e Inglaterra.

Por la época en que mi padre llegó a su casa con un baúl repleto de prendas impresentables en la ciudad, el tío Andrés ya había purgado su pena moral y le daba a las funciones sociales a las que era invitado el bello prestigio de la decadencia.

Por lo que se vio, a mi padre no le fue mal en su primera estancia tepatía: pasó suficiente tiempo en la capital del estado como para conseguirse una esposa de alcurnia. No le sentaba mal a los Brumell –probablemente descendientes de piratas– el apellido relumbrón de una de las cinco familias que alzaron la ciudad. Y mi madre no era sólo un buen negocio: era una mujer aguda y curiosa, docta en el arte de negociar privilegios entre las apreturas morales a las que la sometía su condición de niña rica; guapa a pesar de los aristocráticos dientes de caballo y las nobles orejas de elefante que le heredamos sus hijos; buena conversadora en materias políticas porque consideraba que

Jalisco completo era el patio de la casa de los Villaseñor. Se prendó de la lenta ecuanimidad de el joven Brumell y del aire de leyenda que lo permeaba por compartir casa y sangre con el sátiro imperial.

Recién pasados los veinte años, mi padre probablemente no fuera el mejor partido del país para una de las últimas patricias de México, pero tampoco estaba del todo mal. Nunca nadie nos contó nada sobre el cortejo, que eran cosas de las que no se hablaba y ya, pero por las pedacerías de relatos que regaba las Villaseñor después de la muerte de mi padre, parece ser que el asunto fue sumario y eficaz.

Adán Brumell despachaba por las mañanas en la oficina de un diputado de la asamblea estatal y asistía a funciones sociales por la tarde. Sus habilidades con las armas de fuego, naturales para quien ha crecido en el campo, pronto lo hicieron un invitado frecuente a las partidas de caza del núcleo al que pertenecía su jefe, que era el de los afiliados, al menos nominalmente, al poder liberal del centro de la República. Entre los asistentes a los paseos por el llano que en muy pocas ocasiones redituaban en algo tan grande como un venado y que tendían a clausurarse rapidito en una cervecería alemana después de tres o cuatro liebres, conoció al padre de mi madre, que lo empezó a invitar a las tertulias del partido en su casa. Era un jaliciense de cepa antigua –la casa de los Villaseñor aparece frente a la vieja catedral desde el primer plano que se hizo de la ciudad, a fines del siglo XVI–, enfermo y rico, que probablemente haya visto en el joven Adán la suma de barbaridades que en el estado se consideran valores, apuntaladas por el barniz de tolerancia y cultura que le había impuesto su tío Andrés.

Antes de su regreso definitivo a Autlán, mi padre hizo la hombrada de pedir la mano de Aurelia, la hija mayor de los Villaseñor. Le fue concedida a cambio de que no se la llevara a sus tierras hasta que la frágil salud del patricio se resolviera en la muerte. Papá representó, yo creo que de manera calculada, la solución maestra al problema que desvelaba al viejo senador: no quería quedarse sin los cuidados de la hija que se había responsabilizado por él después de enviudar, pero le pesaba que, por ese empeño, se quedara a vestir santos.

La boda se celebró rápidamente y en catedral sin la asistencia de más brumelles que el admirable degenerado de don Andrés, quien no tuvo empacho en decirle a su sobrino, al final de la ceremonia, que él sabría agradecer si la deslumbrante doña Aurelia Villaseñor de Brumell pasaba a enviudar pronto.

Mi hermano mayor, el único entre nosotros que nació en Guadalajara, fue el complejo producto de alguna de las visitas conyugales que mi padre hacía a la ciudad cada que las demandas de El Limoncito se lo permitían. O quizá fue, como decía en sus frecuentes momentos de exasperación ante las irritantes manías de su hijo mayor, lo que sobró de un romance clandestino entre mi madre y el libertino imperial. El chiste no le daba risa a las Villaseñor, tal vez porque no era tal.

Andrés era completamente distinto al resto de nosotros. Además de su considerable diferencia de edad con respecto a mí, que era el que le seguía, vivió sus primeros años entre las faldas de mi madre y en el ambiente más o menos enfermizo de la lenta espera por la muerte del abuelo Villaseñor al que yo ya no conocí: llegué al mundo al poco de la legendaria entrada de mi madre —de luto y embarazada de siete meses— a la villa de Autlán.

Andrés mantuvo un imperio demoníaco y distante de toda la familia hasta que a los dieciocho años se fue a Europa, donde terminó estudiando medicina. Nunca le gustó ni el rancho ni sus deberes, así que en la época anterior a la

Revolución en que todos vivíamos en El Limoncito y papá era un hombrón sin dependencias, se la pasaba dentro del casco, quejándose de dolencias imaginarias. No sólo no jugaba con nosotros: se cambiaba de habitación si andábamos cerca; cuando tenía algo que decirnos, se lo hacía saber a las Villaseñor, que nos pasaba el mensaje.

Andrés se vestía como señorito de carruaje, comía con cubiertos, dormía en un cuarto aparte de la casa, en el que tenía sus libros. Cuando íbamos al toro de once en el pueblo prefería quedarse con las criadas en el rancho, a menos que las Villaseñor le suplicara que fuera porque había alguna función vespertina en la que lo quería presumir. En esos casos, cargaba con algún volumen descomunal y se la pasaba leyéndolo, con un aire de obstinación desesperante, durante la corrida y el sarao.

Tengo que decir en su honor casi imposible que, para cuando llegamos a Guadalajara, la suya ya era una de las bibliotecas mejor y más extrañamente munidas que he visto. No sé qué habrá pasado con ella, pero supongo que habrá seguido creciendo y se conservará en el palacio de la calle de Río Rhin en la ciudad de México, en el que Andrés vive solo con un nieto suyo llamado Aristóteles.

A veces pienso que si alguno de nosotros hubiera mostrado en alguna ocasión el menor interés por sus cosas, tal vez habría logrado colarse al satélite necesariamente prodigioso en el que debe haber vivido. Juan y yo –tan Brumell que quién sabe si sea bueno para ellos, decía mi padre– crecimos polarizados de sus cosas y rutinas; los esclavos apenas lo conocieron –Carlitos y Ginebra ni siquiera recordaban su voz, todavía más arrastrada y nasal que la de los demás, cuando asistimos a su entierro: para ellos era un joven que aparecía mirando para otro lado en las fotos de todos en la época de Autlán.

Yo, que tuve mis negocios en la capital, coincidía en ocasiones muy contadas con él y siempre parecía un poco avergonzado de mí.

Nunca volvió a Guadalajara, nunca me invitó a su casa, nunca aceptó ninguna de mis invitaciones; en las ocasiones en que el exceso de whisky ya lo había humanizado durante uno de nuestros encuentros casuales y quedaba en comer o cenar conmigo, me plantaba olímpicamente.

Supongo que al final todas las familias son iguales: un árbol lleno de hojas que se creen distintas entre sí. Por el cambio estacional, por acumulación, porque lo que define a nuestra salud termina siendo siempre la forma en la que será destruida, la hoja se suelta y, mientras cae, descubre que siempre estuvo atada a esa bola de cosas tan similares pero a fin de cuentas tan desconocidas que son nuestros parientes.

Y está el asunto de la línea de la felicidad. ¿Cuánta extrañeza inflige en nosotros la historia? ¿Cuánta nuestros padres? ¿Cuánta infligimos en nuestros hijos? Hay esa raya de lo irremediable pintada en el suelo y uno siempre la cruza sabiendo exactamente lo que significa, pero en perfecta ignorancia de sus implicaciones minúsculas, que son las que nos pasamos el resto de la vida tratando de superar.

Mi padre siempre fue el mismo. Creo que si pudiéramos voltear la carretera de la historia y recordar la vejez siendo niños, habría estado claro siempre que tarde o temprano iba a romperse. La información siempre estuvo ahí, pero la vida consiste en irse distrayendo con nimiedades en lo que se acumula la dinamita.

Viejo y podrido como estoy, por supuesto que no soy nadie para andarle pidiendo dulzuras a un tamarindo, pero eso no quita que toda mi vida haya tenido nostalgia de los tiempos anteriores a la Revolución. No es la nostalgia de clase que mis compañeros del Liceo sintieron cuando los generales sonorenses les borraron, al hacerse del poder, la posibilidad de ser idénticos a sus padres y abuelos. Es otra cosa, más chica e inmanejable. Es un sentimiento más parecido al derrengarse de nuestros interiores en el instante en que estamos quebrando a una mujer a la que ya decidimos que nunca más vamos a oler en su hora de animal.

En su infinita rareza, mi hermano Andrés casi nunca nos acompañaba al toro de once en Autlán, de modo que yo oficiaba en esos viajes –como hice tantas veces– de hermano mayor. Esto implicaba un privilegio que fue el más grande de los que he tenido en una vida que mal que bien siempre ha estado protegida por el halo de la fortuna: tanto a la ida como a la vuelta en el carro tenía derecho a ir sentado entre mi padre y las Villaseñor en el asiento que daba la espalda al pescante y el caporal que manejaba a los animales. Estiraba la mano izquierda y sentía la tela recia de los pantalones de mi padre. Estiraba la derecha y sentía el raso del vestido de mi madre. Conforme el viaje progresaba y subía el sol, todos empezábamos a sudar y a producir juntos ese olor revuelto que caracterizaba al clan; un olor único, entre ácido y dulce, que impregnaba en distintos grados todos los espacios que ocupábamos. Entonces cerraba los ojos arrullado por el meneo del carro y me soltaba sin dormirme. Era, en esos ratos que se prolongaban por algunas horas, completa y perfectamente feliz.

Por supuesto que una vez que los revolucionarios aparecieron en el valle de Autlán y las Villaseñor emprendió el viaje a Guadalajara todos padecimos una tremenda ansiedad. Por supuesto que las noticias de que la Revolución finalmente había alcanzado nuestras tierras nos dejó la impresión de que ya nada iba a ser igual. Por supuesto que yo sabía, a mis doce o trece años, que hacer el viaje de Autlán a Guadalajara cargados de oro implicaba un cambio definitivo, pero lo que no supe descubrir en toda esa sucesión de hechos fue que por más emocionantes o tristes o tremendos que fueran esos hechos y por más que cada uno de ellos sirviera en realidad para ampliar nuestros horizontes, implicaban la desaparición para siempre de mi estándar del placer: nunca más iba a ir en el asiento del carro y por el campo entre papá y mamá.

No perdemos ni el derecho a aspirar al contento ni bajan demasiado nuestras posibilidades de alcanzarlo ni siquiera en los estados más insólitamente difíciles en que nos puede acorralar la vida. Pero lo que siempre se nos muere en las manos son formas específicas de la felicidad: una raya que cruzamos.

Una vez que las Villaseñor y Andrés regresaban de misa, se imponía ese ritmo feroz de las hormiguitas pendejas que ahora se han apoderado del reino y lo gobiernan todo con su metódica higiene productiva. Nos tallaban la cara con piedra pómez; nos peinaban a tirones con limón y revisaban que nuestra ropa combinara para que se viera que no éramos un puñadito de bandidos. Para entonces el carro ya estaba a las puertas de la casa y nos trepaban cercados de criadas para que nadie se escapara. Partíamos plaza por sólo tres cuadras en el Ford de primera generación porque la idea de tener coche no era transportarse de un lugar a otro, sino exhibir que sólo caminábamos para ir a misa y que el carro que usábamos no era, como los de casi todos los demás, una maquinaria exquisitamente hecha por encargo a un fabricante francés, sino una bola endemoniada de fierros hecha en línea por los gringos. El mensaje era bastante claro: pudimos haber sido terratenientes liberales favorecidos por el dictador, pero estábamos listos para convertirnos en industriales favorecidos por el nacionalismo revolucionario.

Con el tiempo supe que mi padre no estuvo siempre tan en coma como suponíamos, o que cuando menos tuvo raptos de obstinada inspiración: cuando nos mudamos a Guadalajara el plan de las Villaseñor era separarnos en niños y niñas y mandarnos a nosotros al internado de los jesuitas y a ellas al del Sagrado Corazón para que Andrés conservara intacto su reino. La libramos porque el viejo gritoneó, seguramente tambaleándose, que no se iban a poder hacer negocios con el gobierno si uno tenía a sus hijos en escuela de curas, que por eso habíamos ganado la guerra de Reforma y ahora íbamos ganando la de Revolución, y que no iba a soltar un peso si nos trataban como a los huérfanos que de por sí estábamos resultando gracias al aliento liberador de la guerra. Mi madre tomó la decisión de enviarnos al Liceo de Varones, público y esmerado, ubicado apenas detrás de la catedral.

Los colegios de entonces no eran esta cosa en la que todo es más o menos transparente y sistemático que llegó a Guadalajara mucho más tarde, cuando los generales sonorenses impusieron su ley un poco reformista y un poco apache desde el centro de la República. No eran un lugar en el que se mete a los niños durante unas horas del día para que aprendan cosas que contribuyan aunque sea de manera un poco abstracta a un oficio futuro. En el Liceo de Varones, al menos teóricamente moderno y positivo, la idea era producir soldaditos del virrey: personas que dieran la vida y los ahorros de la familia para que nunca nada cambiara bajo ninguna circunstancia. Profesores nacidos en México e hijos y nietos de mexicanos, por ejemplo, nos hablaban de «vosotros»; una persona verbal que no se utilizó en el país ni siquiera en el siglo XVI porque los extremeños que conquistaron a los aztecas ni ceceaban ni vosotreaban. Lo cual implicaría, supongo, que las cosas deberían cambiar tan poco en Guadalajara que Guadalajara ni siquiera debió haber existido; que los españoles nunca se debieron haber desplazado hasta América y que el puerto de Palos se debió haber quedado atendiendo sólo a las Canarias, que no amenazaron con su descubrimiento ninguna estructura teológica. Las clases conservadoras de México nunca se adaptaron ni siquiera a la idea de que haya cinco continentes –incluso si viven en el que claramente es el cuarto.

Sé que Juan y el resto de los esclavos padecieron muchísimo la escuela. Yo, como siempre, me dejé llevar y casi la disfrutaba. Es público y notorio que no aprendí nada, dado que tuve que terminar del lado del nacionalismo revolucionario, pero obtuve otra clase de beneficios.

En el Liceo nos daban de comer en un refectorio helado y, después de un rato de estudio individual, nos dejaban salir en tropel a los medios pensionados. Como el colegio era público, el resto de los estudiantes caminaban a su casa o tomaban el tranvía. A nosotros nos esperaba en la puerta, traqueteando sobre el Ford, el chofer de guantes, boina y lentes acompañado por las Villaseñor, que iba vestida como un oso de peluche a pesar de que para la segunda mitad de la década de los años diez los vientos de la ligereza ya empezaban a correr por la capital jaliciense.

Después de llegar a casa y completar las tareas, casi siempre salíamos. A veces a disfrutar de atardeceres plenos en un bosque con un estanque negro lleno de sapos que se conservaba subiendo una escalera casi secreta por la calle de Hospicio; a veces a pasar horas sin término visitando a los parientes de casas gigantes y oscuras, tachonadas de pinturas de héroes del catolicismo militante desangrándose.

Cuando había fiesta religiosa, que era casi siempre, había que visitar casas para celebrar los altares que las familias pudientes ponían en sus capillas privadas. Ésas eran las peores fechas porque además de aguantar los apretones de las parientes había que echarse una rezada frente a cada uno de los altares, que en fiestas apoteóticas –también casi todas– tenían que sumar siete para que la rezada contara. El Ford y el chofer también nos llevaban a esas visitas de una casa a otra –que a veces eran contiguas.

Un día cualquiera de mis catorce años, mientras tomaba con los amigos de la escuela un vaso de agua de horchata después de un fervoroso partido de quemados, uno me dijo que esa tarde iban a ir al cine, que si quería acompañarlos. A la salida simplemente no me subí al Ford.

LADON SE SENTÓ al volante, bajó el volumen de la radio y preguntó qué hacían. Álistor sacó el mapa de la guantera y lo extendió ruidosamente. Decidieron entrar en la carretera a Zapotlanejo por la ladrillera. Tomaron la decisión con una calma desesperante para el viejo, considerando que eran un grupo de terroristas estacionado debajo de un puente sobre el que había un pelotón de soldados esperándolos. Que le hubieran vuelto a poner las esposas le dolía en la dignidad.

Ladon se talló la cara con las manos y encendió el coche. ¿Están seguros de que la Liga se iba a adjudicar el atentado a las diez?, preguntó doña Juana antes de que arrancaran. Se supone, contestó su hijo. La vieja insistió, probablemente sin ánimo de ser irónica: ¿Y existirá todavía la Liga, oigan? Algo queda, respondió Ladon; la idea con este golpe era atraer nuevos combatientes. La señora suspiró: A ver, dijo, busca en el radio. No tiene caso, respondió Álistor, si la línea del gobierno es que explotó una pipa de gas ninguna estación se va a animar a contradecirla, va a haber que esperar a mañana para ver los periódicos del DF. ¿Vamos a la capital?, preguntó Longinos, con tono de víctima. No había vuelto desde la venta de su despacho en la calle de Puebla. Nadie le puso la menor atención, de modo que agregó como para sí: Todo lo interesante que me ha pasado me ha pasado ahí. Álistor anotó desde el asiento del copiloto: Pues ojalá que no sea el caso, mi buen, porque lo interesante que puede pasar ahorita es que nos atoren. No se habla así enfrente de tu madre, anotó doña Juana, y le pegó con una aguja de coser en una oreja. Perdón, respondió. Ladon lo señaló con el dedo índice: No te digo. Pisó el acelerador y el coche tosió un poco antes de emprender el camino ligeramente inclinado de subida. Me hubieran dicho que me iban a secuestrar y les hubiera comprado un coche, se hizo el chistoso Longinos. No sea mamón, amenazó Álistor. Agujazo.

Se incorporaron al camino detrás de un camión de redilas. Era una carretera vecinal delgada, cacariza y sin acotamiento. Ladon libraba los pozos con un cuidado de cirujano que lo hacía ir todavía más lento que el camión delante de ellos. Ya no había tanto polvo, así que doña Juana mantuvo abajo su vidrio. Yo creo que ya nos vendieron, dijo después de un rato; ¿hace cuánto que nadie se adjudica nada en México? Por más vendido que esté, un periodista no puede dejar pasar el filete que significa un bombazo en el Consulado gringo, dijo Álistor. Ya son muchas horas. A lo mejor, propuso Longinos, el gobierno les pidió chance y van a esperar hasta la tarde. Ladon se rió por la nariz y murmuró: Sea pendejo. Agujazo, esta vez en la cabeza. Ándele, dijo su gemelo. La cosa no es de risa, concluyó la señora. Exacto, agregó Longinos, estamos fregados. Doña Juana le dio también a él con la aguja, le pegó seco y duro en la banda adhesiva de la frente, para que le doliera. Usted no se meta en la educación de mis hijos. Ándele, dijeron a coro los hermanos.

A lo mejor lo que conviene es regresar a Guanatos a esperar a ver qué pasa, dijo Álistor, nadie nos va a estar esperando en las entradas. No, dijo la señora, para ahorita ya allanaron toda la estructura de la Universidad, ya tienen la lista de ausentes. Pero estamos limpios. Igual alguien ya cantó. Se supone que nadie sabía en las filas de Guadalajara. Pero hay filas de Guadalajara y ustedes crecieron en San Andrés, que es un nido de guerrilleros y pirujas –yo me considero guerrillera, dijo mirando recatadamente a Longinos–, así que es cuestión de tiempo: el hueco que teníamos era el que ocupamos para salir. Ladon se pasó la mano por donde había estado su bigote: ¿Qué tienen de malo las pirujas? Doña Juana no atendió a la provocación: Es cosa de que lleguen a la casa y alguien les diga que nos fuimos con maletas; ¿había alguien en la calle cuando agarraron al viejito? Longinos decidió ya no exhibir su incomodidad con el adjetivo: todavía le dolía la herida por el agujazo. No había nadie, dijo Álistor con seguridad. Está bien. Un silencio más bien lúgubre se hizo en el coche. Longinos carraspeó para decir algo. Doña Juana, sin ni voltearlo a ver, le tronó los dedos y le dijo que se callara, que tenían una decisión que tomar. Yo creo que, haya pasado lo que haya pasado, ya estamos los tres solos, dijo Ladon después de un largo suspiro. ¿Y la estructura?, preguntó Álistor, nos van a estar esperando en León. Si la adjudicación no ha llegado al radio, algo salió mal y los que nos van a estar esperando en León son los federales. Seguro ya están allá, anotó Ladon; es cosa de librarla hasta Atotonilco, ¿me voy por Los Amiales?, preguntó. La mujer negó. Podemos bajar por el Vado, agregó Álistor. Tampoco, dijo su madre, sería ir para atrás; ya están coordinados; van a hacer una pinza; hay que sobrevivir unas horas nomás, nueve, doce horitas a todo lo que nos dé el cerebro y ya luego ustedes vuelven a aplicar sus técnicas cubanas; ahorita hay que pensar antes que los policías. ¿Qué tienen de malo las técnicas cubanas? Que los cubanos no saben escapar de la policía porque ellos son la policía. El copiloto volvió a sacar el mapa de la guantera y lo estudió. Propuso: Agarra por la derecha aquí adelante, en Pino; hay un fraccionamiento, así que ahí no va a haber soldados. Perfecto, dijo la señora, pero a ver qué hacemos cuando nos los encontremos, ésos sí meten miedo. Se volvió hacia Longinos: ¿Usted va a aguantar cuando nos bajen o lo vamos a tener que entretener otra vez con cancioncitas? Yo creo, dijo el viejo y se quedó callado al ver frente a sus ojos la aguja amenazante de Juana. Se le hizo una pregunta muy específica, dijo la señora. Voy a aguantar, respondió, pero tengo una opinión sobre el asunto de la estructura. Deme unas horitas y lo platicamos, dijo la vieja, sin bajar la aguja pero con un gesto un poco menos duro; tengo que salvar a estos muchachos. Longinos se sacudió un poco y agregó modestamente: En eso estoy de acuerdo. Ni una palabrita, dijo doña Juana, o le pongo cinta adhesiva en el hocico. El viejo asintió. ¿No que aquí hablábamos correctamente?, preguntó Álistor. Los burgueses tienen hocico hasta que se demuestre lo contrario, dijo la vieja. Entonces déjalo hablar, anotó Ladon. A ver. He trabajado con políticos toda la vida. ¿Y? Una granada en el Consulado gringo no es como robarse un autobús con los amigos para ir al futbol; lo primero que hacen es, precisamente, impedir la adjudicación del atentado. Y eso qué, preguntó Ladon. Quién sabe, respondió el viejo, si la Liga los vaya a apoyar o no, pero esa adjudicación ni va a pasar por el radio ni va a llegar a los periódicos: aquí no es como en los paisitos en que los entrenaron, muchachos, aquí sí hubo Revolución, la ganamos y no se va a ir a ningún lado. Doña Juana no intervino: miraba con atención al viejo. A la Revolución aquí la traicionaron de entrada, respondió el conductor, desatendiendo el camino en un gesto de ira inopinada que sorprendió al viejo. De todos modos se animó a decir: Lo que pasa es que la Revolución la ganamos nosotros, no ustedes. ¿Y eso qué? Agregó el copiloto, en plan de bajar la tensión. Doña Juana seguía atenta. Que aquí, dijo el viejo, sí saben aplatanar a los rebeldes. Doña Juana concedió: Primero una madriza, luego una curul y a cambiar el sistema desde adentro. Sí creo, dijo Ladon. Doña Juana lo calló con un manoteo. Adelantito va a ser a la derecha, murmuró Álistor. Ladon asintió. Luego el copiloto, mirando hacia Longinos, le volvió a preguntar: ¿Entonces? Ahorita la madriza estaría muy fuerte, no llegarían ni al hospital –olvídate de la curul; yo le haría caso a la señora, me iría por mi lado, dejaría que se sacrificaran por la causa los compañeros de la Liga y luego vería bien a bien qué.

Llegaron hasta el crucero y viraron a la derecha en silencio. Vámonos por las rancherías, dijo la vieja, aunque hagamos más horas; es una orden. Los jóvenes no chistaron. Tenemos que llegar hoy a México, agregó la señora, como sea; ahí ya no nos encuentra nadie.

Siguieron sin decir nada más por un tiempo, la radio en una estación indistinta de rancheras. Ya en el camino de terracería, Longinos se volvió hacia su compañera de asiento y le dijo: ¿Entonces, los burgueses tienen boca u hocico? Doña Juana hurgó en su bolsa, sacó un rollo de cinta adhesiva, cortó un pedazo y le tapó la boca. Hocico hasta Celaya, dijo.

Después de la línea municipal la carretera estaba todavía más destartalada, pero también tenía menos tráfico. Hubo algo de alivio en poner a la ciudad geográficamente al norte. Doña Juana pidió el mapa, luego hurgó entre los estambres y las armas de su bolsa de viaje hasta que encontró el estuche de sus lentes para leer. Eran un armazón de plástico remendado, obviamente de doble uso, con unas micas de fondo de botella. Tenían las patitas unidas por una cadena de bisutería que la mujer se colgó alrededor del cuello antes de abrirlos. A Longinos, silenciado por la cinta canela, le produjo un rapto de ternura de clase que doña Juana los hubiera mantenido guardados hasta entonces: implicaba que había estado castigando sus ojos con el tejido. Le melló que los pobres tuvieran vanidad.

Nos vamos por Michoacán, dijo la vieja después de estudiar brevemente los caminos; por Tingüindín y Paracho. Longinos tuvo un sobresalto, pero no sintió necesidad de rechistar detrás de la cinta canela porque los dos hermanos ya se habían vuelto hacia su madre para preguntar azorados: ¿Tingüindín? Doña Juana se quitó los lentes y los volvió a guardar. Tingüindín, dijo, cómo se ve que ustedes no han andado de guerrilleros. Qué jocoso, dijo Álistor, pensaba que era un pueblo que papá se había inventado para no hablar de la chingada —con perdón— en casa. Es que su padre y yo los protegíamos. Álistor añadió ceremoniosamente: Descanse en Marx. Como la madre reaccionó bien al improperio anterior, Ladon aventuró: Ahora nomás falta que la chingada también exista y esté en Michoacán. Es un palindroma, agregó el copiloto: Michoacán me chinga a mí. La vieja le pegó en la cabeza con la palma de la mano y dijo: Podríamos estarnos yendo derechito a ese pueblo que tanto les está divirtiendo, así que calladitos y manejando.

Dobló el mapa y se lo devolvió a Álistor, que buscó el pliegue preciso en que se encontraba la ruta señalada por su madre. ¿Nos vamos hasta Chapala?, le preguntó; así agarraríamos la federal más rápido. No, respondió la señora, por ahí este vejestorio de coche sería muy visible; vámonos por atrás, donde haya ricos pero no tanto. Una última pregunta, dijo el copiloto: ¿es definitivo?, porque si es así, tenemos que regresar un poco a Tlaquepaque. Obviamente están esperando que nos vayamos por Zapotlán, dijo la madre. Entonces todo a la izquierda, dijo Álistor. *Copy*, respondió el piloto, que iba concentrado en librar los baches; nomás les advierto, agregó, que por aquí vamos a tardar un rato. No importa, dijo la vieja, por este lado nos van a estar buscando menos: ningún combatiente tiene casa en Chapala. ¿Y el Señor de las Matas?, preguntó el conductor, ocasionándole un segundo respingo a Longinos. Ése es un financiero, respondió la mujer, no un luchador social. Síguele dando, dijo Álistor; a la primera terracería que bote a la izquierda te metes y ahí preguntamos.

A los pocos minutos, el coche ya dando tumbos de vuelta entre los maizales, Longinos pensó que doña Juana tendría que haber visto miles como la que estaban emprendiendo: se había quedado dormida. No le pareció mal proyecto, así que recostó la cabeza en la ventila de su lado y trató de descansar tanto como se lo permitieran la incomodidad de las esposas y la cinta adhesiva sobre la boca.

No se durmió, pero pudo escuchar a los gemelos conversando entre sí con naturalidad: habían ingresado apenas a la antesala del arrepentimiento, que se manifestaba en una intensa nostalgia por todo lo que había sucedido entre sus primeros recuerdos y la mañana de ese día. Hablaban de su padre con un respeto más bien enternecedor.

Longinos sintió envidia: los Justicia no habían tenido que descubrir, por ser huérfanos, que el titán de piedra que vela los sueños de los niños es en realidad una fantasía siempre al borde del desempleo, el alcoholismo, el ridículo; que los padres viven tan desorientados como los hijos pero tienen más miedo que ellos porque además deben ocultarlo tras la cortina de humo de la autoridad.

Doña Juana despertó cuando encontraron la cinta asfáltica a la entrada de Juanacatlán. ¿Dónde andamos?, preguntó limpiándose los ojos. Álistor le respondió y ella pidió el mapa. Se volvió a poner los lentes y tardó en confirmar que sus órdenes habían sido seguidas al pie de la letra. Síganse, dijo.

El sopor de la tarde temprana gobernó los interiores del coche hasta la salida del pueblo polvoso y bicicletero, en la que se vislumbraba un retén más bien cómico compuesto por una patrulla destartalada junto al camino y dos grasos policías locales con banderines. Pinches cuicos, dijo Ladon; a estos dos los sometemos a cachetadas. Doña Juana ni siquiera dijo nada. Le arrancó con violencia la cinta canela de la boca a Longinos, mientras palmeaba con la mano que le quedaba libre su bolsa. Luego se recostó sobre su regazo para que no se notara que iba esposado por la espalda.

Los policías del retén eran tan ridículos que ni los Justicia ni Brumell se sintieron en la obligación de asustarse: Longinos más bien pensó que aquélla era la primera vez en años que su pobre pájaro otrora tan condecorado estaba cerca de la cabeza de una mujer. Los policías los dejaron pasar sin ni agitar los banderines –no parecía que se fueran a animar a detener ningún coche en todo el día. Están buscando a dos bigotones, dijo Ladon. Y no hay que descontar la simpatía que representa tronarse un gringo en este país de resentidos, anotó doña Juana mientras se acomodaba de vuelta en su lugar. A Longinos le hubiera gustado afirmar que tenía razón con lo de los gringos, pero no dijo nada para que no le volviera a tapar la boca, cosa que de todos modos sucedió apenas se hundieron de vuelta en la carretera. Usted calladito hasta Tingüindín, le dijo doña Juana, con mucha más amabilidad que antes, mientras le apretaba la cinta adhesiva en los cachetes.

La mujer se volvió a acomodar en su asiento y preguntó hacia los de adelante: ¿Y el radio? Álistor lo encendió y se puso automáticamente a buscar una estación de noticias. ¿Y eso?, preguntó su madre. Para ver en qué vamos, respondió el hijo. La mujer agitó la mano en el aire con notable calma. Mejor ponte musiquita. Ladon miró a su copiloto ladeando la cabeza con genuina compasión por él y por sí mismo.

Todavía los alcanzaba la señal de una estación de rock de la Universidad de Guadalajara, contra la que, para sorpresa suya, no protestó su madre. Libraron el retén de Ocotlán, tan ridículo como el anterior, cabeceando canciones de Led Zeppelin que doña Juana toleraba y Longinos simplemente no podía creer que existieran.

Cuando, ya en plena rivera del lago de Chapala, la señal de la transmisora se empezó a volver borrosa, doña Juana le tocó el hombro a Álistor y le dijo: ¿Ahora sí podremos escuchar música de hombres? El copiloto alzó las manos en señal de rendición. ¿Y como cuál viene a ser la música de hombres?, preguntó. De hombres hombres, dijo la señora, nomás José Alfredo Jiménez, pero un poco de balada romántica sería suficiente. Nomás que se acabe ésta, pidió el hijo resignado.

Se entretuvieron derrotando los despropósitos del cuadrante. Antes de entrar a La Barca la antena captó una canción de José José y Ladon tuvo la cortesía de despegar la vista del camino para decirle a su madre, viéndola a los ojos: Atásquese, jefecita. Doña Juana reconoció lo honorable del gesto con una inclinación de cabeza.

Longinos cerró los ojos y los volvió a abrir. Pensó que ver Michoacán desde el silencio obligado y perfecto a que lo tenía sometido la cinta canela terminaría siendo un privilegio: había gastado su vida viendo para otro lado y ese esfuerzo por no estar nunca en donde estaba había terminado por convertirlo en un petardo.

Bajaron hasta Quitupán y ahí tiraron hacia el oriente, dejando la carretera federal ya de por sí menor que los había llevado en línea recta al sur. Longinos pudo sentir cómo aflojaba el ambiente en el coche apenas entraron al camino estatal. Era minúsculo, pero estaba pavimentado y poblado apenas por otros viajeros en automóviles todavía más viejos que el que los movía.

Una vez que el coche comenzó a subir hacia los lagos, la primitiva rascuachería del paisaje cedió su lugar a una serenidad clásica: sucesiones de valles con sembradíos geométricos, huertas, cerros moldeados suavemente por milenios de buen clima y protegidos por bosques de pinos bien poblados pero nunca exuberantes. A diferencia del resto del país, pensó, a Michoacán ni le falta ni le sobra nada: es un territorio ajeno a las pudriciones y pedreras de la patria. Si nada florece excesivamente, tampoco hay nada escarpado o cruel. Longinos tuvo la sensación de que unos dioses más viejos que los de todos los demás mexicanos habían alzado esas tierras para poder ser adorados con un hedonismo beatífico.

No volverían a tomar un camino federal hasta Quiroga y ése sería también uno menor hasta Morelia, donde entroncarían con otro más grande y arriesgado. Les quedaban entonces cuatro o cinco buenas horas de paz.

Entonces sucedió lo que Brumell consideró un golpe de claridad: la aguja del cuadrante, azotada incansablemente por el gemelo Justicia que conducía, dio con «Un mundo raro», que en su opinión de hombre de victorias más bien tristes era la mejor canción jamás escrita.

> Les diré que llegué de un mundo raro,
> que no sé del dolor, que triunfé en el amor
> y que nunca he llorado.

Lo confirmó porque la familia de comunistas tal vez demasiado sentimentales para su propio bien –y el del comunismo– ni siquiera intentó cantarla. Luego, con su reconocida sensibilidad hacia todo lo que podría ser sublime hasta para un retardado, se durmió y no soñó con nada.

No voy a decir que no me impactó, cuando llegamos a Guadalajara, ver aquello que me pareció una urbe gigante floreciendo cupulada en el mero centro del valle dorado de Atemajac. La línea de tranvías eléctricos con sus catrines, sus empleados de clase media y sus señoritas endomingadas me pareció cosa casi del diablo. Me admiró también, a mí que siempre había estado metido en mi cama para las siete y media, la idea de que en la ciudad había alumbrado eléctrico toda la noche. Había fábricas, había ricos mucho más ricos que nosotros y miserables a grados inaguantables; palacios, clubes, museos; periódicos que la gente leía según su oficio y color de piel. La ciudad y sus aceites hacían que la gente pensara que las noticias que llegaban de la capital o de los territorios incendiados por la Revolución no necesariamente significaban que todo fuera a empeorar.

Más que a Guadalajara nos habíamos mudado al siglo XX. Aun así, no fue sino hasta que supe que en la ciudad había cuatro cines que proyectaban cada día un programa de varias películas distintas cuando pensé que uno de verdad podía estar mejor en la capital del estado.

Mientras fuimos niños y rancheros, el cinematógrafo

no era un salón, sino un señor que pasaba una o dos veces al año por Autlán y organizaba en alguna de las casas de la ciudad funciones por las que se pagaba una entrada. Era una curiosidad casi circense: un hombre más parecido a un domador de leones que a un artista, con un proyector y una planta de electricidad a petróleo que arrojaba humo como el volcán de Colima.

A nosotros, como a todos los niños de entonces, nuestro padre nos llevó a que viéramos las imágenes del dictador subiendo y bajando de su coche en el mitológico castillo de Chapultepec –que hasta entonces nos pareció tan posible y real como el de Rapunzel. Vimos las vistas de París y de Washington que le dieron la vuelta al mundo, unas danzas de gitanos y algo entre una corrida de toros y un jaripeo a lo que los texanos llamaban *rodeo;* había siempre vistas sobre los paseos y edificios más singulares de Guadalajara y sobre alguna fiesta típica en alguna hacienda; al final siempre pasaban la más celebrada de todas las tomas de aquellos tiempos, que era la del tren llegando en escorzo a la estación. Se decía que en Lagos de Moreno había provocado un tumulto porque la gente pensó que una locomotora de verdad se les había venido encima –con los años supe que en México decían que habían sido los de Guadalajara los que corrieron.

No fue, por todo lo anterior, el instrumento del cine –que ya conocía– lo que me maravilló, sino la idea que quién sabe a quién se le habrá ocurrido de que, además de mostrar cosas, podía servir para contar historias.

Cuando los amigos del Liceo de Varones me llevaron a un salón por primera vez, yo pensaba que veríamos algunas vistas y luego iríamos al parque de Agua Azul a tomar un helado y la verdad es que estaba más entusiasmado por el helado que por las vistas –siempre más o menos iguales.

121

Llegamos, nos sentamos, apagaron las luces, corrió el proyector y lo primero que vi fue una carga de caballería del Ejército Constitucionalista sobre unos federales que los aguantaron como los hombres abriendo fuego desde posiciones en un llano a las afueras de Hermosillo; vi a los caballos caracoleando de miedo y a los revolucionarios disparando a la manera de los apaches, con una mano en las riendas y la otra en la carabina; vi el fragor de los cañones y el deshuesadero que le heredaban al enemigo sus embates; vi al mismísimo general Obregón tomando decisiones con su Estado Mayor en un tren de campaña y lo vi pasar revista a sus tropas victoriosas para emprender la marcha a Guadalajara. Lo vi desfilar antecedido por sus legendarios indios cora, que cuando peleaban lo hacían vestidos de soldados y en perfecto orden militar, pero que para entrar a las ciudades volvían a sus trajes de manta, sus plumas y sus temibles alaridos de águila. Vi los carros alegóricos –¿Y esa chingadera de carro?, pregunté. Es la Agricultura arcaica y moderna, me explicó uno de los compañeros, como si aquello fuera obvio.

Encendieron la mitad de las luces y la orquesta se soltó con un vals inocuo. Ya me levantaba para irnos a lo del helado cuando el mismo compañero me jaló del brazo. Espérate, me dijo, que la segunda de hoy es una película francesa: seguro se dan de besos.

Me atornillé a mi asiento y cuando terminó la cuarta película del programa –una gringa de policías y ladrones– me habría quedado a ver de nuevo las cuatro seguidas si en aquellos tiempos se hubiera ofrecido, como más adelante aprendieron a hacer los empresarios de cine, más de una función.

Creo que en esa primera tanda de películas aprendí todo lo que después me iba a permitir tener una mejor vida. Yo sabía de comida y no de cubertería; de maldades y no de crímenes; de borregas y rancheras y no de damas. El cine estaba ahí para enseñarnos que había un mundo amplísimo más allá de los chaparrales de Sonora y los lagos de Michoacán.

¿Cómo comparar la densidad y oscuridad de nuestras salas para recibir invitados con la luminosidad de los salones italianos que nos llegaban por la pantalla?, ¿cómo a nuestras calles de cascotes coloniales –en realidad horrendos, digan lo que digan los nacionalistas– y cúpulas opresivas con la furiosa verticalidad de las avenidas neoyorquinas? Mientras nuestros asaltantes caían por cientos a caballo sobre un pueblo para desplumar, violar y matar al que les respirara cerca, los gringos robaban sólo cosas que a lo mejor no le pertenecían a nadie: el dinero de un banco, las joyas de un museo, los certificados de propiedad de una casa de bolsa.

Si México, tal vez por ser vecino de Estados Unidos, siempre se sintió un poco abochornado de sí mismo y con más ganas que las saludables de participar en la gran fiesta de la cultura occidental –de la que nadie piensa que forme parte, sin contar a los mexicanos–, con el cine aprendimos que el bochorno y las ganas tal vez estuvieran justificados.

Algunos años más tarde, cuando finalmente terminó la Revolución –que seguía y seguía durante toda mi juventud con combates cada vez más esporádicos, fusilamientos de personas con cada vez mayor rango y al final sólo asesinatos arteros de héroes nacionales–, los ciudadanos católicos de todo el país por fin tuvieron tiempo y cabeza para emprender grandes campañas de prensa y hasta mítines demandando primero que se prohibiera la entrada de menores de edad a los salones de cine y luego hasta la desaparición completa del género cinematográfico. Pero hacia el año

123

dieciocho o diecinueve en que yo empecé a atragantarme de películas había un aire de renovación gracias al cual todo parecía estar permitido, o cuando menos nada parecía estar demasiado prohibido.

Naturalmente, había variantes locales que hacían todavía más alto el placer de asistir a ver una tanda de películas. Pepe Castañeda, un estrafalario político socialista que, para colmo, había ganado en buena lid las elecciones para la presidencia municipal de Zapopan, fue expulsado de la alcaldía por el partido del cacique local. Decepcionado de la política y la administración pública puso un cine con el poco dinero que se había podido robar –dado que sólo duró dos meses en su oficina. La sala era francamente casera, tenía el pomposo nombre de Salón Azul, y contaba con la peculiaridad de que en el sitio en que regularmente se sentaba un pianista a amenizar las películas estaba el mismísimo don Pepe con un pequeño megáfono, contando su propia y amañada versión de los relatos originales. En una película sobre Barba Azul, por ejemplo, el asesino de mujeres no era un siniestro moldavo sino un caudillo conservador de Tepatitlán y el héroe que salvaba a la última de sus víctimas un socialista de Ajijic que quién sabe por qué había ido a Rumania –o Hungría, la locación cambiaba según las emociones del narrador– a educar a las masas. En *El Zorro* los malos no eran los nobles españoles, sino unos marines norteamericanos desembarcados en un puerto de Veracruz que definitivamente se parecía demasiado a Andalucía. Las de indios y vaqueros siempre se terminaban a la mitad, cuando los indios iban ganado.

Sus funciones pronto fueron mis favoritas aunque para llegar al Salón Azul tuviera que tomar el tranvía de mulas. Las películas en el Azul, como lo llamábamos, eran más divertidas que todas las demás y asistía a ellas de un modo socarrón e irónico a veces con los amigos de la escuela y a veces solo. Un día lo conté durante la cena y mi padre mostró, extrañamente, interés por ir a ver esas películas. Yo mismo había intentado arrastrarlo a otras en distintas ocasiones y, aunque alguna vez tuve éxito, la verdad es que siempre se quedaba dormido apenas comenzaba la primera proyección. Lo llevé a la siguiente aunque aquello implicara arribar al cine trepados en esa sangronada móvil que era el Ford de las Villaseñor y no en el tranvía, que con su lentitud permitía acribillar la longitud infinita de la tarde y con sus meneos constantes producía una forma física de disfrutar la expectación.

Sucedió lo de siempre: ganaron los socialistas, el auditorio se desternilló de risa, a veces carcajeándose con don Pepe y a veces de él. Mi padre tardó un poco más de lo normal en dormirse en parte por efecto del megáfono del narrador y en parte porque en el Azul el cine era un fenómeno comunitario: don Pepe podía llevar la voz cantante, pero el hecho de que esa voz existiera hacía sentir a los asistentes que podían opinar.

Un día en que el público se quejó porque a pesar de que en las películas siempre ganaban los socialistas las entradas eran cada vez más caras, don Pepe anunció que los domingos se daría función gratis en el kiosco del centro de Zapopan.

Desde la primera sesión editó él mismo pedacerías de las películas que había pasado en la semana, de modo que siempre contaran la historia de la usurpación de una alcaldía justamente ganada con el voto del pueblo. Un domingo se le pasó la mano. Unos vaqueros discutían afuera de una cantina si deberían aliarse con los indios para lograr el triunfo de la causa socialista. Entonces llegaba un cura y profetizaba que la reunión de los indios y los vaqueros traería por fin la Revolución socialista, pero que al final sería traicionada por los intereses de los generalotes que la condujeron y el pueblo abandonado a su suerte.

Don Pepe amaneció al día siguiente ahorcado en un poste de telégrafo y con la lengua arrancada y clavada en la frente. Cuando se lo conté a mi padre, salió por un segundo de su nebulosa de tequila para decir: Tanta Revolución para que al final sigamos siendo mexicanos.

LO DESPERTÓ EL JALÓN de la cinta canela que le sellaba la boca. Ya se le desbordó la baba, le dijo doña Juana desde demasiado cerca, tal vez sentada a horcajadas sobre él. Pensó que era un ardilla gigante. ¿O no quiere bajarse a comer con nosotros? Sólo si me quita las esposas, masculló el viejo con la lengua en plena desentumición; si no me liberan las manos, voy a tener que comer como los perros. Apenas correcto para un burgués, dijo Álistor con una mirada más bien juguetona depositada en el espejo retrovisor. Ándele, don Longinos, dijo Ladon, que el pueblo tiene hambre; ya hace rato que le quitamos las esposas. Se miró las manos. ¿Y eso? Hubo un concilio, anotó la vieja retirándose de sobre sus piernas hacia la portezuela. El viejo se talló las muñecas antes de enderezarse plena y felizmente y vio cómo la mujer arreaba con su bolsa de contenido mitad de abuela y mitad de miembro de la OLP rumbo a un restaurante modestísimo a la orilla del camino.

Cuando se sentó a la mesa se enteró de que estaban preocupados porque aunque no les habían tocado retenes hasta el momento, habían visto pasar dos camiones de soldados. Aquí eso es normal, dijo la madre, partiendo una pieza de pan y devorándola con una untada de salsa macha; siempre hay movimiento de tropa porque los michoacanos que no se van a ir a trabajar a Estados Unidos mañana, ya son guerrilleros. Longinos concedió, callado, no lo fueran a castigar de nuevo. Tomó su propio trozo de pan y extrañó la mantequilla aunque la salsa no estuviera mal. Pidieron el menú del día con agua de limón. Se bebieron la jarra de una sentada y Brumell dijo que pidieran otra, que él pagaba. De hecho usted va a pagar, anotó Ladon, pero nosotros estamos administrando, y llamó a la mesera. Les llevaron de botana rábanos con limón que devoraron como lo que eran: prófugos. También les llevaron boquerones. ¿A poco ya estamos cerca de Pátzcuaro?, preguntó el viejo. Ya hasta lo pasamos, dijo Álistor entre que se empinaba su vaso y se lo rellenaba; estamos afuerita de Quiroga. ¿No habíamos parado? Nomás a poner gasolina. Se talló los ojos cuando vio venir una charola con cuatro caldos de pollo que humeaban como cuatro incensarios. Qué hora es, preguntó. Doña Juana miró un reloj igual de enternecedor que sus lentes: Las cinco pasadas, dijo. Puts, anotó el viejo, soy el secuestrado más irresponsable del mundo. Me cai que sí, dijeron los gemelos a la vez.

Comieron casi sin hablar, si comer no fuera un verbo demasiado distinguido para ese atragantarse ansioso y febril —tal vez sólo para el viejo; ellos pudiera ser que lo hicieran siempre así, como a salto de mata. Cuando llegaron los cuatro flanes y las cuatro tazas de agua caliente con un botecito de café soluble, uno de los gemelos preguntó: ¿Y entonces? Doña Juana, en su modo militar, pareció confirmar algo que habrían hablado mientras él dormía: En Capula nos robamos un coche y nos dividimos; cada uno entra a Morelia con su carcamán. Álistor respondió en un tono que tenía algo de insistencia: Y así la Federal de Seguridad ya tiene cuando menos las placas del coche robado, ¿no? El otro gemelo parecía estar de acuerdo. Nos robamos un coche tan jodido que no lo reporten, dijo la mujer casi impaciente. Y cuando se nos descomponga, anotó el gemelo mayor, le pedimos ayudita a uno de los convoyes de soldados: separados multiplicamos el peligro en lugar de restarlo; es de manual, mamá. Dale con los manuales, dijo la vieja; ¿quién comanda esta expedición, el Che Guevara o yo? Usted, dijeron los gemelos sin dar muestras de resignación.

Longinos agitaba su café con la mirada baja cuando la vieja le preguntó, sorpresivamente, si él, que rifaba entre políticos, pensaba que dividirse era mala idea. Se talló el morro y la miró a los ojos. Con todo respeto, doña Juana, dijo, no debería preguntarme eso: yo no estoy aquí voluntariamente, así que voy a recomendar lo que me libere, que no es lo mejor para usted. La señora sonrió. Mire, don Brumell, le respondió, a usted se le nota a kilómetros que esto es lo único interesante que le ha pasado en quién sabe cuántos años y no creo que lo intercambie por unas sesiones de interrogatorio de las que no se va a librar por más amigos que tenga en el cielo: nadie vio que lo secuestraran los muchachos. El viejo tomó la taza con las dos manos y dio un trago que lo llenó de consuelo. ¿Entonces me puedo fumar un cigarrito? Ladon se sacó del parche de la camisa la cajetilla de Delicados que le había incautado desde que estaban en el barrio de San Andrés en Guadalajara y la deslizó sobre la mesa. Los cerillos seguían metidos entre el plástico y el papel. Los sacó nerviosamente y extrajo un cigarro. Se dio tiempo de encenderlo para poder decir, ya entre el humo como un personaje de las películas que lo habían formado sentimentalmente y ya nadie recordaba, que él lo haría como lo hacen los hombres. ¿Y cómo es eso?, preguntó uno

129

de los gemelos mostrando una ironía que denotaba que no habían visto las mismas películas. Con los huevos por delante, respondió con un acento tan profundamente jaliciense que aunque quiso ser declamatorio sonó a un pujido. O sea, ¿en pelotas?, preguntó el otro gemelo. La madre, mejor entrenada para ese tipo de espectáculos, se había dejado seducir no sólo por el cuadro, sino también por la densidad sonora del pujido tapatío. Sígale, dijo.

Aun reconociendo que no se podía pasar de la raya y ya se estaba pasando, Longinos propuso el más razonable de los planes, considerando el país en el que estaban. Buscamos una posada en Quiroga, dijo, y me permiten hablarle a un amigo que tengo, revolucionario de verdad y no de postín como ustedes; uno de los que se cruzaron el pecho de plomo. Qué pasó, masculló uno de los gemelos. Ese amigo revolucionario me debe una; él nos mete mañana a la capital a sangre y fuego y ya ahí seguimos con el plan de ustedes. A qué mi don Brumell tan soñador, dijo Juana; con ese plan no llegamos ni al coche desde aquí. Los hermanos se vieron uno al otro. Está usted de atar, Longinos, dijo Ladon, y luego hacia su madre: Yo no me quiero ir solito con este orate en el coche. Lo pienso de aquí a Capula, dijo la madre, levantándose de la mesa con cierta prisa, como si el buen momento que habían terminado pasando le hubiera recordado que no estaban para buenos momentos.

Salieron del restorán y vieron pasar por la carretera otro camión de soldados seguido de cerca por dos coches sin marcas que concentraban toda la oscuridad de los cuerpos de inteligencia del gobierno federal. Se metieron al coche, nadie se acordó ya de las esposas de Longinos, que de todos modos evitó agradecer la liberación. Tomaron el camino con humildad, la radio apagada como señal de que se les venían encima todas las ominosidades.

No más de diez minutos más tarde los rebasó otro convoy. ¿Está usted seguro de que podemos confiar en su amigo?, preguntó doña Juana. Longinos afirmó con la mayor seriedad. Cruzaríamos indemnes la pared de fuego; luego nos vamos a tener que rascar con nuestras uñas. ¿Indemnes?, preguntó uno de los gemelos haciéndose el chistoso. Date la vuelta, le ordenó su madre, nos vamos a Pátzcuaro a que llame don Brumell. Don Longinos, corrigió el viejo. Todavía se cruzaron con un convoy más de soldados y policías en el camino de vuelta. Nadie dijo nada en la cabina del coche, pero el barómetro emocional subió tanto que parecía que el parabrisas podría tronar en cualquier momento.

Doña Juana ordenó que se detuvieran en Quiroga mismo a hacer la llamada, aunque luego fueran a buscar una cabaña en las afueras del pueblo más grande y turístico de Pátzcuaro. Tampoco podemos perder tiempo dándole la vuelta al lago si no es seguro que su amigo nos va a ayudar, le dijo a Longinos en plan de disculpa. Cuanto antes mejor, dijo el viejo, ¿cuántos retenes le gusta que quepan en cada uno de esos camiones?

Derivaron naturalmente hacia el centro de Quiroga y no tardaron en encontrar un locutorio. Se estacionaron. Longinos abrió inmediatamente su puerta y mientras se preparaba para sacar los huesos fuera del coche sintió la presión de un fierro en los riñones. Quieto, viejito, le dijo doña Juana, que había tardado una fracción de segundo en desenvainar una de sus pistolas de la bolsa de estambres y ya estaba quitándole el seguro. El viejo regresó a su postura original y desde ahí vio cómo la mujer, sin dejarle de apuntar, ahora al estómago, sacaba de la bolsa con la mano izquierda una pistola todavía más grande que le entregó a Ladon. Acompáñalo, dijo con una frialdad inesperada; hasta adentro de la cabina del locutorio; si hace cualquier cosa rarita, nomás lo matas, de todos modos ya es un hecho que nos va a cargar el payaso. El viejo hizo un gesto con las manos con el que quiso implicar que no planeaba más que seguir órdenes.

Se bajaron. Ya sobre la acera Longinos se volvió hacia el coche y tocó humildemente en el vidrio de atrás. Doña Juana lo bajó. Necesito mi cartera, dijo el viejo. La mujer hurgó en su bolsa y se la devolvió. Nomás no se lo gaste todo, le dijo mientras se la tendía, que es lo que tenemos. Sintió otro arrebato de ternura, tan feroz como el que le habían desatado los lentes de segunda mano; qué bueno que me avisa, dijo, para también pedir de eso.

No estuvieron ni cinco minutos en el locutorio, regresaron de lo más tranquilos. Doña Juana volvió a bajar el vidrio y alzó las cejas de manera inquisitiva. Que vayamos hasta Zacapu, dijo Longinos, que esperemos en la gasolinera de la entrada, que tiene aparcadero para camiones, que llegan por nosotros tempranito. Pues súbanse, dijo doña Juana. Ladon encendió el motor mientras el viejo rodeaba el coche para meterse. Una vez adentro, se arrellanó en el asiento trasero, contento con la libertad recién adquirida. Doña Juana sacó su tejido y lo miró de canto. Le habrán dicho algo más, ¿no? Que en la Federal de Seguridad ya saben que fueron ustedes, que tienen fotos de los tres en todas sus apariencias posibles porque allanaron su casa y al parecer usted dejó los álbumes familiares junto a su *Libro Rojo* de Mao, que ya dan por hecho que me secuestraron, que están jodidos si dan un paso para adelante o para atrás. Doña Juana jaló un poco de hilo del interior de la bolsa —sonaron las pistolas— y preguntó: ¿De veras cree que su amigo pueda sacarnos de Michoacán sin daño?; me costó mucho que estos muchachos llegaran a la universidad para ahora tenerlos que hundir en Tingüindín. O la cárcel de Lecumberri, completó el viejo. Los gemelos habían seguido el diálogo en silencio. Mi compadre nos mete al DF, dijo Longinos; luego ustedes me salvan a mí de mi familia y de paso le bajan un dinero; ¿tenemos un trato? Doña Juana extendió su mano brillosa de planchadora.

FUI UN ESTUDIANTE mediocre que pasó por la Facultad de Derecho de la Universidad de Guadalajara como quien toma el té con los amigos lerdos. No era un inadaptado, pero tampoco era todavía el que llegué a ser una vez que conocí las mieles de esa República de Weimar para mohicanos que era la capital entreguerras. En Guadalajara asistía a los saraos del University Club, tomaba el ponche en las funciones para cavernícolas del Teatro Degollado, tenía novias recatadas que me parecían guapas aunque en realidad sólo eran jóvenes.

Por entonces todavía no sabíamos que la adolescencia es una enfermedad en la que hay que mantener a nuestros hijos sumergidos el mayor tiempo posible no sé exactamente por qué, así que vivíamos entre dos mundos. El de la casa en el que nuestro padre nos trataba como a adultos aunque no lo fuéramos y las Villaseñor como a niños aunque hubiéramos dejado de serlo, y el de los amigotes, en el que medio íbamos de putas y medio hablábamos en el café. Nunca se nos ocurrió a los camaradas de entonces, por supuesto, que estuviéramos en una etapa irresponsable y transitoria. Tal vez se deba a eso que, como dice Isabel, nunca haya crecido. ¿Para qué dividir la vida en adolescencia y edad adulta si se puede ignorar los diques y vivir siempre como un murciélago?

Todo viene de todos lados, pero lo que nos revuelca cruje en el lado oscuro que tienen todas las familias y que en la mía era mi hermano Andrés. Volví a Autlán por una recomendación suya. No me buscó él, naturalmente, pero sí me recomendó con un terrateniente con el que al parecer tenía correspondencia y que requería los servicios de un abogado lucidor –estado que, a fin de cuentas, nunca superé.

El asunto era simple: el amigo de mi hermano, a quien yo no recordaba pero que las Villaseñor mandó saludar profusamente cuando supo que iba a trabajar para él, había aprovechado la salida de los revolucionarios del valle de Autlán para montar a galope una serie de cercas que, por decir lo menos, engordaban su terreno original. Ante el abuso, los pequeños propietarios que rodeaban su rancho, todos con flamantes títulos de propiedad revolucionaria, le desmontaron las cercas, o cuando menos las devolvieron a su sitio. Cuando el ranchero se dio cuenta trató de repetir la medicina por uno de los costados de su terreno, sin tomar en cuenta que los ejidatarios de entonces seguían armados. Se alzó una zacapela y dos de los propietarios comunales resultaron muertos. Los vientos del cambio todavía nublaban el aire patrio, así que el alcalde de Autlán trató de hacer justicia.

Fue entonces cuando el ranchero le escribió a Andrés y le pidió ayuda. Lo que necesitas, le respondió mi hermano, es un leguleyo de ciudad que vaya a poner parejos a estos jueces de tolvaneras con un amparo; mi hermano conocerá a alguien. El dueño del rancho supuso que ser defendido en los enternecedores juzgados de Autlán por un abogado de Guadalajara que se apellidara Brumell Villaseñor era como jugar un partido de las ligas infantiles de beisbol con Lucifer como lanzador y se obstinó en mandarme llevar de vuelta al pueblo.

Lo que el asunto requería para resolverse no era un buen abogado, pero tardé muchos días en entender eso. Días en que no hacía nada más que ir a ver al juez y dejarme hacer esperar por él —a menudo platicando con él— hasta que doblaba el mediodía y me invitaba dos o tres tequilas en la mesa con equipales del corredor del Palacio de Justicia sin decir nunca ni una sola palabra sobre el asunto que nos reunía. Luego me despachaba a mi casa con un lacónico: «A ver si mañana se nos da resolución para su caso.»

El terrateniente me había ofrecido su casa, que como todas las de la oligarquía local era infinita y me hubiera permitido cualquier forma de la privacidad, pero me había quedado, por recomendación de mi padre, en la del doctor Garmella, que estaba recién remozada y vacía porque el antiguo médico del pueblo había estrenado recientemente una curul en el Senado de la República. La casa en la que mis hermanos y yo habíamos vivido de niños la parte más álgida de la Revolución, estaba otra vez repleta de las criadas y mozos que sólo habían dejado de servir mientras duró la Bola —nube de libertades dispersada al retorno de los criollos a las ciudades chicas.

He de haber estado ahí una o dos semanas. A veces tronado por la nostalgia pero casi siempre por el calor y el aburrimiento, metido como andaba en mi traje de cebollino de ciudad. Fue en esos días en que contaba los pájaros sobre los árboles cuando descubrí que nuestra verdadera aportación como jaliscienses al siglo XX mexicano no iba a ser ni la belleza de nuestras mujeres, ni el vigor de nuestra industria, ni la riqueza inigualable de nuestra tierra, sino esa bebida de latrocidas en descanso que es el tequila. También fue entre las abulias vespertinas donde me di cuenta de que los cultivos de caña de azúcar de mi tierra –tan húmeda por estar al otro lado de la sierra– podían perfectamente aportar el piloncillo que le faltaba a los propietarios de terrenos agaveros del lado reseco de Jalisco para ablandar la bebida y podérsela vender a los capitalinos, lo suficientemente aguamielados para ya no poder resistir un caballito del licor más rasposo del mundo tal como se la habían bebido sus ancestros.

Una buena tarde el terrateniente me dijo que ya le estaban saliendo muy caros mis honorarios, que se facturaban por día; que si no pensaba pasar a ofrecerle dinero al juez e irme para que de una vez pudiera estar tranquilo sin esa mariconada de amparo que ni era la absolución ni era la cárcel. Me puso en la mano un rollo de billetes que implicaba claramente que de ahí salían mi parte y la del magistrado y que mi talento consistía únicamente en distribuirlas, cosa que hice con candidez de niño santo: le di la mitad al juez.

De camino a Guadalajara pasé por un ingenio. Con el dinero que me había quedado, compré a futuros un embarque del primer piloncillo de la siguiente zafra –que siempre es el más fino– y dejé dicho que me lo llevaran a una bodega del mercado de San Juan que no sólo no tenía rentada, ni siquiera sabía si existiría. Ya en el carro pensé que el teniente coronel Jaramillo sería la persona indicada para ayudarme a encontrar los socios que estaba necesitando del lado seco de la sierra.

EL VIAJE A Zacapu fue más largo de lo que esperaban. Aunque no tuvieron que partir ninguna brecha, la niebla bajó tan obtusa que fueron a vuelta de rueda. Su amigo sí sabe lo que hace, dijo Álistor cuando notó que tras la primera hora de viaje habían avanzado cuando mucho treinta kilómetros y que conforme subían el camino se pondría peor. Nadie se va a meter a buscarnos por acá. Ladon, que se había ido poniendo de malas conforme habían aumentado las libertades del viejo, respondió: Lo que implica que salir va a estar densísimo. Longinos ni siquiera les respondió: traía la mano y sacrificar cualquier peón en aras de una concordia que por el momento no necesitaba podría ponerla en riesgo. Zacapu es grande, anotó la madre; nomás nos estamos yendo por el camino viejo; me imagino que la gasolinera estará lejos de la carretera a Zamora, que tiene harto tráfico. A ella sí le respondió Longinos: Los retenes están del otro lado; pensaron que si bajábamos por Michoacán lo íbamos a hacer por La Barca e Ixtlán; a mi colega le pareció rarísimo que no nos hubieran agarrado. Para que vea, le respondió la mujer, que todavía me quedan inspiraciones.

Les había anochecido en el camino, la radio captando estaciones locales en las que la noción de noticiario no existía, mucho menos la de seguridad nacional o incluso la de «nacional» a secas. Por virtud de la acumulación de aislantes recorrieron los últimos kilómetros del camino con una sensación de seguridad que no habían sentido en todo el día. En algún momento la tradición impuso de nuevo su halo cuando entre las mil arrugas de la pésima recepción de las montañas captaron una versión particularmente adolorida de «La cama de piedra».

El día que a mí me maten
que sea de cinco balazos
y estar cerquita de ti
para morir en tus brazos.

Álistor dijo en perfecta sincronía con las preguntas que circulaban por las terracerías más pedregosas de la cabeza aburrida de Longinos: Escucho esta canción y, en lugar de sentirme más mexicano que nunca, siento que el *Enterprise* trae los escudos deflectores puestos. El viejo, que se había pasado todas las noches de sus últimos años viendo la tele, encontró acertado el tropo y a partir de ahí tuvo la sensación de que era un astronauta ranchero: un enredijo de textiles, tuberías y gases entre él y todo lo demás. Había mucho de flotación irresponsable, después de todo, en la forma en que había decidido honestamente permanecer secuestrado.

Aunque hubieran viajado un kilometraje más bien corto para todas esas horas de camino, habían pasado todo el día en el coche, aguantando niveles de tensión con repercusiones químicas, la mayor parte del tiempo acosados por el miedo a la tortura que se extiende por semanas y cierra con un balazo seco en la nuca.

Longinos, que había visto recurrir el blanco mortal en los labios de los Justicia cada vez que algo en el camino les recordaba lo que conforme pasaba el tiempo parecía un destino cada vez más y más cierto, pensó: ¿A qué hora se llenó de maricones la patria?

Por caja tengo un zarape,
por cruz mis dobles cananas.

Si los mexicanos habían ganado un derecho histórico en la Revolución era a morir de pie, desafiando al escuadrón de fusilamiento con un cigarro en la sonrisa desdeñosa; el pecho botando a la espera del plomo que se llevó al padre, al abuelo, a los hermanos.

Y escriban sobre mi tumba
mi último adiós con mil balas.

¿Qué podía saber de amores alguien que dispara sobre la nuca de uno que está con los ojos vendados y las manos atadas a la espalda?, ¿qué hombre le impide a otro ver la cara de su propia muerte?

Pusieron también «La Valentina», en la versión de los Záizar que el viejo recordaba de años más bravos. Era una de las primeras canciones que se había aprendido y casi un himno para la tropa rejega de sus hermanos atalayados en el arrayán de la casa de las Villaseñor en Guadalajara.

Valentina, Valentina,
rendido estoy a tus pies,
si me han de matar mañana
que me maten de una vez.

¿En qué momento todo eso había cristalizado en cerditos que se quitan la corbata para pegarle a una mujer amarrada a un escritorio?

Llegaron a la gasolinera, que tal como había descrito su colega, estaba aislada de la ciudad y tenía un aparcadero amplio, vigilado y oscuro en su parte trasera. El tipo de refugio que sólo conocen los conductores de camiones más curtidos y los políticos que han levantado todas las piedras de la República para hacer campaña también debajo de ellas. Además de la gasolinera había una fonda en la que —su colega le había jurado a Longinos— podría encontrar la no tan razonable dosis de whisky que su cuerpo le urgía todos los días para animarse a entrar en el territorio del sueño, minado de monstruos.

Las jerarquías al interior del *Enterprise* ya se habían invertido, de modo que el viejo pudo bajarse del coche y estirarse sin que nadie le dijera nada. Doña Juana bajó la segunda. Los invito a cenar, le dijo el viejo, si me presta mi cartera por otra horita. Pero algo ligero, dijo la vieja, ya nos queda poca lana. Eso también lo va a resolver mi amigo, respondió Longinos, ¿a poco no se le antoja un güisquito? La cosa no está para distracciones, don Brumell. No estaba, Juana, no estaba; al rato llega por nosotros nuestro redentor, así que nos podemos desocupar hasta que nos lleve a donde usted diga. Los gemelos se bajaban en ese momento. Ladon dijo mientras se estiraba: ¿Pus quién es ese amigo suyo? Un héroe de la Revolución. A todos ésos los mataron, completó Álistor. Mi amigo hizo eso mero, matar a todos los que no eran él. ¿No le digo? Doña Juana pareció recapacitar, volvió a abrir la portezuela y agarró con firmeza su bolsa. Por si las flautas, dijo viendo al más apretado de los gemelos, que confirmó moviendo la cabeza hacia un lado. Longinos se volvió a estirar y se dirigió a Álistor: Zapata y

Villa fueron héroes porque mi colega y sus amigos los acostaron, si no, habrían vivido para robar tanto como los demás y tu chamagoso frente guerrillero se llamaría Frente Revolucionario Antón Cisniegas. ¿A poco esa fichita viene por nosotros?, preguntó Ladon. El mismísimo, dijo Longinos, lo conozco desde que yo era niño. Álistor, tal vez por el cansancio, se había puesto melancólico. Ojalá fuera un Frente, dijo. ¿Les parece si lo platicamos con un güisquito? Estamos de servicio, dijeron ambos a la vez. Por favor no mamen, murmuró convincentemente el viejo, y avanzó hacia la fonda sin ni voltear a ver a los Justicia, que lo siguieron encantados de resignación.

Nada solidariza, suma y suelda como el miedo. A doce horas de haberse conocido y de haber pasado por todos los estados por los que puede pasar una relación humana, excepto el de gracia, que es el más peligroso de todos y por el que estaban a punto de desbarrancarse, Brumell y los Justicia se bebieron los tragos más placenteros del mundo en la inopinada fonda de la gasolinera: él cinco relampagueantes whiskys y ellos un par de tequilas acompañados por cervezas. La madre fue la única que mantuvo la disciplina guerrillera con unos refrescos de guayaba que, para decir la verdad, deprimieron un tanto a todos los demás.

Al principio la conversación fue tensa y babosa, pero al alcanzar los gemelos el segundo trago –Longinos ya iba en el cuarto– se soltaron los listones. Perdonen que les pregunte tan al chile, dijo el viejo, pero cómo está eso de que el movimiento no llega ni a un Frente; ¿existe o no? Sí existe, dijo Álistor, pero es nomás una célula chiquita. Muy chiquita, acotó un poco más su hermano ¿Pero no estaban con que la Organización para acá y la Organización para allá? Organización sí hay, respondieron a la vez con filosófica tristeza. Entonces no son de la Liga 23 de Septiembre, completó el viejo. De la Liga no queda absolutamente nada, se metió doña Juana, los mataron a todos; está disuelta. Estaba de malas, sin duda por la influencia nefasta del refresco de guayaba.

¿Y eso no los hizo pensar que volar cosas y secuestrar viejos taimados es un camino cuando menos pedregoso al éxito? Es el único conocido, dijo Álistor. ¿Y qué tal juntar a diez mil cabrones enojadísimos con el gobierno, armarlos y apoderarse de un pedazo completo del país?; así le hicieron Hidalgo y Madero. Eran otros tiempos. Y otros hombres. A los barbudos les funcionó, dijo Ladon con una arruga de obstinación entre ambas cejas. Pus sí, respondió Longinos, pero los barbudos eran de Cuba: un país con una historia militar tan larga como mi miembro, que es elocuente pero modesto. Eso es cierto, dijo la vieja. ¡Qué pasó!, reaccionaron los gemelos al mismo tiempo. La mujer no acusó recibo del albur: ¿Pero a poco sus amigos sí son hombres?; nomás vea lo que le hicieron a los pobres chavos de la Liga. Mis amigos no le andan pegando a la gente, respondió el viejo, un poco incómodo ante la posibilidad de exhibir su complicada axiología republicana, tan acartonada, ante un sentimiento tan razonable como la indignación. ¿Y ese Antón Cisniegas que viene por nosotros? Es distinto, es un viejo criminal, pero a él todavía lo escuchan en México porque le salieron hijos ministros, respondió Longinos; ni él ni ninguno de mis socios secuestra en la oscuridad; en nuestros tiempos no desaparecían el cadáver de los enemigos, lo presumían. El viejo se terminó de un trago largo su whisky para acentuar el efecto de la siguiente frase. Eran matones, no asesinos. Hay que reconocer que sí hay una diferencia, dijo Álistor dispuesto a encontrar donde fuera una perla de sabiduría. Carajo, añadió el viejo, si hasta se apersonaban en el velorio de sus enemigos para dejar un

143

buen dinero para los huérfanos. Y luego esos huerfanitos desaparecieron a mi marido en Guatemala, dijo doña Juana. Con todo respeto, doña Juana, yo no soy responsable de eso: si su marido me hubiera preguntado, se hubiera dedicado al agiotismo aquí nomás en Chiapas y usted andaría en Cadillac. No se meta con mis muertos, pidió la señora. Longinos mostró las palmas de las manos en señal de paz. La vieja pidió otro refresco de guayaba, para desánimo de los tres.

¿Entonces?, preguntó Brumell, mirando a los muchachos, ¿no había caminos más seguros? Álistor volvió a fruncir el seño: Somos del barrio de San Andrés, dijo después de pensárselo mucho, partimos madres. ¿Cómo? Es un barrio de pirujas, curas e insurgentes; no nos puede culpar por haber elegido lo menos torcido. ¿Insurgentes?, preguntó Longinos. No contestes a esa provocación, dijo doña Juana, agarrando con una mano la de su hijo y llevándose a la boca con la otra el refresco que le acababan de traer. Dio un traguito de gato y dijo: Ya se metió hasta con tu padre. Longinos alzó las cejas en dirección al joven y alzó la mano. La sacudió en el aire para que le llevaran su quinto whisky. ¿Insurgentes?, preguntó de vuelta en el mundo. Lo que importa es el impacto en la masa. La masa siempre es de derecha, sobre todo en Guadalajara, ¿o ya corrieron a defenderte? Están alienados. Están tratando de dejar de pertenecer a la masa y, perdónenme, pero ¿quién es el que sí va a venir a salvarlos a ustedes? Doña Juana dijo: No voy a escuchar esto. Longinos hizo un gesto que pedía calma: No se enoje, Juana, estamos chapoteando en aceite y todos traen un cerillo menos nosotros, mejor saber a qué le estamos tirando. No seríamos los primeros que se alían momentáneamente con la cleptocracia nacional para adelantar la causa, anotó Ladon. La mujer le dio otro trago a su refresco, lo cual irritó un poco al viejo. ¿De veras no se va a tomar ni una cerveza?, le dijo mirándola a los ojos. La mesera se apersonó tímidamente con un vaso *old fashion* copeteado. Juana negó sacudiendo la cabeza ¿Segura?, insistió el viejo entornando los ojos. Nadie le había invitado nada en años a la señora, así que entendió la insistencia como lo que era, un gesto respetuosamente seductor, y se relajó. Alguien tiene que cuidar a los hombres cuando se ponen como niños, dijo en señal de paz. El viejo le agradeció con una inclinación de cabeza y se dirigió a la mesera: Entonces tráiganos la cuenta. Álistor ladeó la cabeza: Estamos descansando un poco, jefa, de chance. Estoy dando chance.

Brumell insistió. Perdonen que lo diga de nuevo, pero el que viene a salvarlos es un general retirado –que por cierto fue un auténtico revolucionario; mató a más gente él solito por los campos de Colima, Jalisco y Nayarit que yo botellas de güisqui en toda mi vida. Álistor, más receptivo, notó que los cinco whiskys que se había tomado no habían dejado ni una muesca en su fisonomía. Brumell juntó los dedos de ambas manos y los sacudió como un ajo de carne en las narices de los Justicia: Lo que le hicieron al soldadito gringo se parece más a sacarle el corazón a un tlaxcalteca en el Templo Mayor que a la Revolución. Ora, dijeron los Justicia al mismo tiempo, tal vez heridos en un centro. Doña Juana entró al rescate: Ningún burgués cree en la Revolución, no es sorpresa que le esté tratando de lavar el coco a mis hijos. Puedo ser un especulador, un borracho y un gandalla, dijo el viejo, pero me tienen que reconocer que lo que gané lo gané con estas manos. Eso sí, respondió Álistor. ¿Entonces? El país, doña Juanita, mire el país que usted y sus hijos están tratando de cambiar. La mujer se sonrojó ante el diminutivo; Longinos no lo pudo haber notado porque apenas la conocía, pero sus hijos sí. Qué tiene el

145

país que no tengan otros, intervino Ladon en un tono más agresivo. Al viejo le complació su mal humor. Vaya, le dijo, hasta que veo un poco de hombría en alguien que no es la señora en esta mesa. No me ha contestado, insistió el joven. Es viejísimo. ¿Quién? El país. ¿Y? ¿Qué podrían ustedes contra él? Cambiarlo. ¿Poniendo bombitas?; si los conquistadores nomás lo barnizaron un poquito, ¿cómo podría hacer algo un movimiento de cinco adolescentes que ahora se va a tener que llamar Frente Antón Cisniegas? Seis, corrigió Ladon con cierto orgullo, seis. Doña Juana cedió a la risa. El ambiente se terminó de enfriar. En esta mesa, dijo el viejo, sólo se puede hablar con la señora, ¿nos vamos a dormir? Respondió Ladon: Termine lo que estaba diciendo. Era eso: nada cambia nunca; si de milagro ustedes la libran eso nomás los va a transformar en los Antones Cisniegas del futuro. Imposible, respondieron a la vez. Como la estoy viendo, agregó el viejo, más bien podríamos ajustar nuestros objetivos con realismo y hacer de esto una aventura lucrativa y triunfadora. Los gemelos se miraron uno al otro: los burgueses no tenían remedio. Brumell se levantó. Yo ya no puedo más, muchachos. Impostó para la frase una ternura que fue bien recibida y le permitió salirse con la suya.

Se levantaron de la mesa desanimados por la perspectiva de pasar la noche en el automóvil del que ya estaban hartos y dejaron el restorán en silencio. El paisaje del estacionamiento, neblinoso y solitario con las lumbreras mayormente fundidas incapaces de iluminarlo, le pareció a Longinos un escenario metafórico perfecto sobre el abismo que representan los ratos de falta de promesas ciertas que habían abundado en su vida.

Los gemelos se retrasaron, al parecer adrede, mientras avanzaban hacia el coche. Apenas lo alcanzaron doña Juana

146

dijo: Estoy reventada, buenas noches, niños, y se metió a su lugar, acomodando cuidadosamente su bolsa de tejidos y plomos en la parte correspondiente a su pies. ¿Les importa si me fumo un cigarro con ustedes antes de dormir?, preguntó Longinos volteándose hacia los jóvenes, que no parecían tan decididos a volver a sus lugares. Ambos se alzaron de hombros.

Cuando la vieja dio el portazo, Longinos dijo: Vaya metralla, la que trae su madre. Son las pistolas que dejó papá, le contestó Álistor; no crea que están tan buenas. En el corazón, digo, sería la última persona que quisiera de enemiga. Se nota que se está esforzando por ganársela, respondió Ladon, acariciándose la quijada. Mejor llevarla en paz, ¿no? Eso, dijo Álistor.

El viejo caló dos o tres veces su cigarro en silencio, los hermanos obviamente esperando a que se fuera a dormir para conversar entre ellos. Longinos midió que le quedaban cuando mucho dos caladas más y preguntó con curiosidad sincera: Esas canciones que escuchamos rumbo a Chapala, la del unicornio y la del disparo de nieve, ¿qué es eso? Silvio Rodríguez, dijo Ladon; cubano. ¿No es un poco cursi como para estarlos mandando al matadero? Notó las caras que hicieron y decidió prescindir de los últimos dos golpes de nicotina. Les dio las buenas noches y se metió al coche.

Doña Juana todavía estaba despierta cuando él se arrellanó de su lado del asiento trasero. ¿Cómo los ve?, le preguntó. Ladon tiene mucho carácter. Es idéntico a su padre. El viejo recargó la cabeza en el vidrio.

EL VIAJE A Autlán al que me mandó Andrés y el episodio que le siguió, en el que me volví a encontrar a la Flaca Osorio, no fue el principio de nada más que mi primer negocio con la gran familia revolucionaria.

La Flaca era una mujer a la que me costaba ver de frente y nada más. Me encantó y si hubiera estado disponible probablemente me habría lanzado sobre ella como el cachorro de caza que todavía era por entonces, pero tenía dueño y el dueño era mi mayor, lo cual no era un asunto sin importancia en los años veinte: los viejos traían pistola y la habían usado profusamente. En todo caso me inquietó la estupenda disposición de las carnes de una mujer a la que vi por última vez siendo niño y si sentí algo además de ese poco de miel raspando las cavernas de los huevos que siempre acompaña a la contemplación de una belleza que nos va a corresponder, fue una envidia alegre por el teniente coronel que sabría Dios si se la había ganado en lid de prócer o nomás la había comprado.

No se me malinterprete: en los años de la Revolución Victoriosa no era mal visto ir y adquirir una esposa como se compra una casa; en todo caso se sentía por ello un tanto de feroz orgullo. Eran los tiempos en que los pobres se hicieron ricos porque pudieron, de modo que ganarse una mujer con puras ternuras era de catrines. Se tenía pistola, dinero en efectivo, una casota y una criolla de raza que la administrara. Y los valores no se invertían del otro lado del espejo: para una mujer los lechuguinos de corbata y chequera como yo eran apenas una aventura.

Yo sabía, porque al final de cuentas los que tienen dinero siempre viven en una villa, que el teniente coronel estaba metido en el negocio del tequila, que por entonces apenas empezaba a ganar carta de identidad fuera de Jalisco y Nayarit. No era –y nunca fue– su negocio principal, pero tenía tierras por los peladeros del camino a Tepic y ahí no se daba nada más que el agave.

Los campesinos, maestros de escuela y empleados venidos a generales, magistrados y ministros nunca se iban a bajar del tren del cognac que habían probado por primera vez durante los asaltos a las despensas de los señorones porfiristas. A ellos nunca iba a haber modo de venderles tequila, a menos que fueran jalicienses o nayaritas nostálgicos de la tierra. Sus hijos, su primos, sus ahijados, en cambio, estaban empezando a tomar puestos en las industrias que pujaban gracias a que Europa y Estados Unidos seguían hundidos en la molicie de sus guerras: hacían radio, el cine que yo adoraba, los periódicos que habían dejado de ser órganos de resistencia para pasar a manuales de supervivencia política; la administración especializada. Todos esos pequeños industriales tenían la necesidad urgente de identificarse y ser identificados con la patria que les habían construido sus padres a varazos y no tenían disposición para volverse a poner sombreros de vaquero y cinturones con cartucheras, así que su nacionalismo se podía administrar de noche y con elegancia bebiendo un caballito de tequila muy bien

149

destilado –algo que, por cierto, jamás habríamos hecho en Jalisco, donde se le bebía como aperitivo al mediodía y nada más.

De camino a Autlán descubrí que del lado seco de las montañas, el de los plantíos de agave y las destiladoras caseras, se preparaban dos tipos de tequila: el blanco –puro y duro para los hombres– y el de piloncillo, suavecito para las mujeres. El segundo era nada más que un tequila que rebajaban con mascabado bruto; causaba el mismo efecto, pero raspaba menos. Pensé, mientras manejaba mi coche de señorito tapatío por los cañaverales, que si comprábamos el piloncillo sobrante de los ingenios y lo vertíamos en los tequilas broncos del teniente coronel, podíamos venderlo en la capital como una delicatessen para nacionalistas con grado universitario.

Fui entonces a su casa de Guadalajara a convencerlo de que lo lleváramos a los salones de baile del DF diciendo que era pardo porque había sido reposado en barricas de roble traídas de España. Fue precisamente a la Flaca Osorio a la que se le ocurrió que lo llamáramos añejo, aunque tuviera la misma edad y hasta fuera más corriente que el blanco.

No convencí del todo al teniente coronel en esa primera tarde perfecta y sin abismos, pero a los pocos días me mandó llamar de nuevo. Otra vez en el corredor divino de su casa y alumbrados de nuevo por la linterna de los ojos marrón de la Flaca, me propuso que hiciera de scout capitalino –guiado por su cuñada Reina, que por entonces vivía en el DF a la espera de una oportunidad para hacer una película grande.

El negocio no me va a salir, me dijo el viejo, si no vendemos el tequila con piloncillo al doble de precio que el blanco; lo que quiere decir que habrá que convencer a lo mejor de lo mejor de toda la capital de que pague un poco menos de lo que paga por su cognac por una botella rellena de una bebida adulterada y para rancheros asesinos, terratenientes hijos de puta y apaches nayaritas; ¿cómo le va a hacer? Le dije que íbamos a vender el tequila al cuádruple porque lo íbamos a empacar en botellas de vidrio soplado y con una etiqueta patriotera. Que el que lo compre, añadí en un rapto promovido por la atención con que me miraba la Flaca, sienta que ya aprendió a montar.

Lo pensó un poco, miró a su mujer, que afirmó con la cabeza antes de hacerme un guiño que fue un latigazo en la base de la espalda. Váyase pues, concluyó, sobándose la entrepierna; mi secretario le va a dar dinero mañana en el Palacio Federal, donde creo que el gobierno me puso mi oficina; lo apoyo nomás porque su idea es de loco valiente, y porque aquí la Flaca le tiene una fe que no me explico.

A la mañana siguiente me bajé del tren ya en la capital, con mi maletita de abogado de segunda, y vi en el andén a Reina Osorio, de quien en honor a la verdad no había esperado que fuera a recibirme. Iba disfrazada de diva con un vestido repegado de lentejuelas blancas y zapatos demasiado altos para las siete de la mañana; llevaba sobre la cabeza un fez de seda también blanco y unos lentes negros que daban la impresión de cubrirle más de lo que debían la cara de ranchera de la que nunca se pudo deshacer completamente.

La saludé discretamente agitando la mano derecha y me sonrió con lo que me pareció un dejo de vergüenza ajena. En lo que la alcanzaba metió la mano en una bolsita minúscula como de espejitos y sacó un cigarro tan fino que parecía más bien un palillo. Lo encendió con impaciencia: el gesto le iba a permitir no abrazarme. Pensé que mi guía nativa estaba demasiado ocupada en devorarse al mundo y

151

los hombres que lo habitaban por casualidad en ese periodo, de modo que había aceptado a regañadientes la misión de chaperona que su hermana le había encargado.

Hola, Reina, le dije cuando la tuve enfrente; gracias por venir por mí. Se empujó los lentes sobre el puente de la nariz y me extendió una mano huesuda con la que me peinó, creo que con ternura franca. Me palmeó la mejilla derecha y me dijo: Ay Longinitos, con ese saco pareces profesor de escuela pública; ¿no traerás un gasné que te salve aunque sea un poquito de tu gusto? Mi saco era inglés y estaba bien cortado, con sus parches de cuero en los codos y las segundas solapas, pero reconocí de inmediato que mi camisa de cuello parado y mi corbatín caído eran una antigüedad entre el resto de los hombres que esperaban en el andén, todos con traje de tres piezas y corbata lisa. Me alcé de hombros: no tenía gasné. Pero traes un traje negro, ¿verdad? Afirmé, entre resignado y abochornado. Corre a ponértelo en el baño, me dijo, que mi novio nos está esperando en el Dreamland. ¿Vamos a desayunar?, le pregunté. ¿En un cabaret?, me respondió. Te espero afuera, siguió con una voz lánguida que, supuse, impostaba en su existencia capitalina pero luego aprendí que era la que le salía cuando estaba hasta las nalgas de cognac.

Cuando salí del baño cambiado, afeitado y engominado, Reina aguardaba en un taxi particular que era todo impaciencia —no uno de los Fordcitos de ruta fija, sino un Lincoln señorial— justo a las puertas de la estación. Fumaba con la cabeza recargada en la ventanilla trasera como si el mundo se hubiera terminado mientras me esperaba. Me indicó que me subiera con un gesto desganado y se apretó los lentes en la cara. Una vez que me acomodé en la cabina se derrumbó en su asiento y se cuajó como niña. Los anteojos se le aflojaron y pude ver por fin detrás de ellos las cejas negras y apretadas, el bosque de pestañas que compartía con la Flaca que tanto me inquietaba.

Por aquellos años los trenes de Guadalajara todavía llegaban a la Estación Colonia, en la esquina de Reforma e Insurgentes: el kilómetro cero de la patria. El Dreamland estaba en la todavía deslumbrante colonia Juárez, así que el viaje en taxi repitió la leyenda del Fordcito de las Villaseñor: devoró a mil por hora cuatro cuadras de distancia. Desperté a Reina cuando el taxista quemó las llantas frente al cabaret. Se apretó los lentes, bajó sin ni dar las gracias y se metió lenta pero consistentemente al local cuya fachada sostenía una marquesina luminosa con el nombre del sitio inscrito en bombillas apagadas. Se metió no sólo sin esperarme, sino sin siquiera mirar para atrás. Pagué el viaje sin rechistar: los viáticos que me habían dado en la oficina del gobierno en la que el teniente coronel cobraba sin haber puesto nunca un pie en ella me habrían alcanzado para construir un canal de la Estación Colonia al Dreamland, llenarlo de agua y comprar un barco para llegar. La seguí con mi maletita en la mano.

El cabaret ya estaba cerrado, pero en la cantina todavía departía un grupo nutrido de hombres —muchos de frac, los que no de traje oscuro— y unas cuantas mujeres. Todos eran jóvenes, aunque mayores que yo.

Avancé por el sitio como si ingresara al sueño de otro —todo desolado por la crudeza de la luz del día que caía en cascada por las ventilas, todo pegajoso y lleno de colillas de cigarro. Avancé mirando las caras en las que la noche en blanco había dejado su aliento de ángel asesino: algunos me sonreían, otros se llevaban la mano al sombrero, la mayoría con la mirada fija en un lugar que no opacaba mi cuerpo transparente. Reina se había instalado al final de la barra cuando la alcancé. Estaba sentada en un banco, recargada la cabeza en el único hombre que parecía fresco en todo el local –era también el único vestido con traje claro de calle. Se incorporó un poco y me presentó apenas sacudiendo una mano derecha orlada de pulseras al horrible Raphael Sevilla, su novio, de quien se había hablado mucho en la prensa de Guadalajara porque después de una carrera más o menos exitosa en Hollywood había vuelto a México para filmar y estrenar una película que pasó a la historia por ser la primera en la que actuó ante las cámaras la Romagnoli –legendaria por su calidad de diosa fundadora del cine sonoro.

Le tendí la mano todavía impactado de que Reina, una chamaca de La Resolana en mi opinión buena nada más para hacer fruta en vinagre, hubiera terminado ligándose a un auténtico director de cine de Los Ángeles. Mucho gusto, le dije, fui al estreno en Guadalajara de *Más fuerte que el deber* y luego la vi todas las tardes en que la pusieron. La nueva está mejor, me dijo, qué quieres tomarte. Serio y enfocado como estaba todavía, aproveché la oportunidad para empezar a mover mi negocio: un tequila. Soltó una carcajada. Ya no estás en el cerro, me dijo, tómate un jaibol, el desayuno de los mariscales. Prefiero el de los valientes, le dije, y llamé con un gesto al cantinero, que también se rió de mí: Eso lo va a tener que ir a pedir a La Merced, me dijo, pero le doy una polla de la casa para que junte energías –y se puso a batir un huevo en un vaso con jerez y un poco de agua con gas.

Al final mi estratagema terminó resultando eficaz: después de llevar a Reina a la casa de huéspedes en la que vivía, Sevilla y yo nos fuimos a desayunar unos caldos de gallina picosísimos a un resucitadero de calaveras por el barrio del Hipódromo –en los límites exteriores de la ciudad– y ahí él mismo demandó un par de tequilas que nos bajaran la enchilada y entonaran el cuerpo. La verdad, me dijo, se me antojó desde que lo pediste en el Dreamland. Y eso que no has probado el añejo, le dije. Podemos ir a buscarlo al centro, me respondió. No lo vas a encontrar, le reviré, porque soy el distribuidor exclusivo, pero te acompaño a donde me digas.

Reina Osorio nos alcanzó de nuevo ya bien entrada la tarde –fresca y vestida de rojo intenso– en El Pirata de por el Toreo. Eran años dorados para la industria del ocio: había pesos, había una clase ociosa del tamaño de Mongolia y había paz, ¿qué más se necesitaba para convertir a ese callejón de la Historia que siempre había sido México en algo que se pareciera a un boulevard? En la capital de fines de los años veinte, ver bailar a la Pavlova era tan común como comerse un pambazo, Stravinsky dirigía sus piezas de delirio con la Sinfónica Nacional y Carusso ya era de plano un habitual de los almuerzos en La Blanca de avenida Cinco de Mayo, pero ni a Reina Osorio ni a su novio Sevilla –que tenía una garganta de tragafuegos– les importaba eso en lo más mínimo: éramos jóvenes, estábamos guapos y teníamos pesos –del teniente coronel–, ¿qué más podíamos necesitar? Cultura, definitivamente no.

Fuimos de un salón de baile a otro, con más voluntad de reventar el cuerpo y la noche que de hacer negocios, aunque los conocidos de Sevilla y la Osorio eran tantos en todos los lugares, que yo terminaba por encontrar personas interesadas en mi flamante producto.

En mis primeras memorables veinticuatro horas en la ciudad de México, conocí, además del Dreamland y El Pirata, el Abel, el Rossignac, el Leda y cada salón me gustó más que el anterior y en cada uno me fueron presentando a personas involucradas en las películas que había agotado en mis tardes de obseso en los cinematógrafos de Guadalajara.

155

En varias de las conversaciones que sostuve en aquella noche de relámpagos –la primera verdaderamente enloquecida de mi vida desde el año brutal de 1913 en que me quedé solo con mis hermanos viendo pasar los tiros de los revolucionarios– yo recordaba mejor las películas de las que hablábamos que los guionistas, iluminadores, actores de segundo plano que habían intervenido en su filmación.

Al final Reina se volvió a cansar –o reconoció que había comprado una de las borracheras de leyenda que la humillaron el resto de su vida– y Sevilla y yo la acompañamos de nuevo a la casa de huéspedes. Esta vez la depositamos nada más junto al zaguán con todo cuidado. Su novio me preguntó si tenía un hotel para quedarme –había perdido mi maleta hacía horas. Le dije que todavía no aunque ya llevaba todo un día en la ciudad y me sentía su habitante, que si conocía uno. Me dijo que en la calle de Seminario, donde su padre había tenido un consultorio, había uno muy limpio y barato que tenía la virtud de estar al lado de la cantina de dimensiones más humanas –y horarios más laxos– que se hubiera levantado jamás en ese pudridero de millonarios sin gracia que era la ciudad de México. Le dije que estaba preparado para la del estribo.

Así fue como conocí Los Heloínes, el verdadero campus de mis descomposturas de santo patas arriba. Aquí, me dijo Sevilla antes de cruzar sus puertas de gloria, es donde se viene a emborrachar el Che Bohr cuando está en México. ¿Quién es el Che Bohr?, le pregunté. Carajo, me dijo, dónde has vivido: es el genio que actuó y dirigió *Los Parafinas*. Había visto ese corto probablemente treinta veces en Guadalajara. Vamos a conocerlo, le dije. Y entramos. Se quiere mudar definitivamente a México, pero su productora de Valparaíso sigue dejándole mucho dinero, me susurró al oído; a lo mejor le interesa tu negocio de tequila añejo como inversión de aterrizaje: allá en Chile puso de moda los cinematógrafos con cantina; uno termina la tanda de películas y pasa al corral a comentarlas con los amigotes. Con los años Los Heloínes alcanzó el prestigio que se merecía. Ahí conocí a Salvador Novo y a Xavier Villaurrutia –de vez en cuando, parado detrás de ellos en perfecto silencio, los acompañaba un fantasma al que llamaban Owen–; ahí me bebí cantidades ingentes de cocteles cada vez más modernos y aventurados con los empresarios que se inventaban la patria abriendo estaciones de radio que capitalizaron con el talento de los músicos que se chorreaban de los teatros de barrio y no tenían oportunidad en los escenarios más grandes del centro de la ciudad –ocupados por las compañías dramáticas y de ópera que habían venido a pasar la guerra en México y se habían quedado; ahí departí con la clase política que hizo rico al teniente coronel y me habría hecho a mí igual de millonario si no hubiera reinvertido todas mis ganancias en florearme el hígado y azotar la cama de mi departamento de la calle de Puebla con todas las actrices segundonas del pujante cine hablado; ahí conocí con el paso de los años al general Cárdenas –que se bebía nada más vasos de agua mineral con limón mientras acompañaba a los ministros de la hora, todos más prometedores que él–; a Cantinflas, a María Conesa, que ya regaba polvo de tan vieja pero seguía mamando aguardiente como cargador de mudanza. Juro, de una vez, que estuve presente en la escena que ha sobrevivido como leyenda pero es definitivamente histórica en la que Agustín Lara firmó el piano del local con un picahielos. Fue ahí, en Los Heloínes, donde terminé de vencer los huesos tan resistentes de la Flaca Osorio.

Con el tiempo hice una amistad sólida con Raphael Sevilla, que sé que todavía anda por ahí, y muy buenos negocios con el Che Bohr. Ninguno de ellos dos alcanzó la fama que se requería para tener una entrada larga en la enciclopedia del cine mexicano, pero a mí me concedieron la bendición de vivir el apogeo del país en el sitio justo en el que lo quise vivir: la noche de la ciudad de México y el incendio de los segundones de una industria que por entonces empezaba a alcanzar estatura mundial y una calidad que nunca volvió a tener. Si en algún momento hubiera querido dedicarme a llevar como abogado los asuntos de los estudios en que se hacían sus películas –lo hice algunas veces, pero nunca cobré más que la cuenta de una noche larguísima como compensación–, me habría tenido que relacionar con la gente que ya despuntaba y entre la que estuvo, inesperadamente, Reina Osorio, que después de seis o siete matrimonios con hombres cada vez más poderosos y dos o tres películas del Indio Fernández que abarrotaron los cines de toda Hispanoamérica, vive retirada en un palacio al que según entiendo ya no entra nadie.

Para el día infinito en que conocí la capital, ya había agotado a las veinticinco señoritas jalicienses con que uno se podía relacionar si tenía un apellido extranjero mezclado con el de una de las familias fundadoras de la ciudad y ya había decidido que la que más me convenía era la pobre Isabel Urbina, que me hacía un tipo de calma compañía que me dejaba ser todos los que he sido sin preguntas. Curiosamente, fue ella, o mejor, lo que representaba, a lo único a lo que nunca pude renunciar –sin contar el tabaco, porque es más fácil dejar a una mujer que el abrazo del humo y la paz de las encías. Nunca me mudé al DF porque a ella no le gustaba más que Guadalajara y permanecí fiel a eso.

No quedarme en México significó detener el tren de la belleza dura, la que trasfigura y mutila pero también salva y santifica; significó detener el convoy del dinero serio que no se acaba nunca; renunciar a vivir la vida como si fuera una película de vaqueros. Sería el recuerdo de los viajes solitarios al cine en tranvía, o el de las mesas dispuestas al sol en las heladerías del parque de Agua Azul; serían las noches que nunca dejan de ser tibias en el valle de Atemajac. A lo mejor era la pura querencia –que tal vez sí exista– o el hecho de que nunca pude superar que mi padre hubiera decidido no volver a Autlán a pesar de que Guadalajara lo mató rapidito y sin gracia. A lo mejor era sólo el miedo a las cosas grandes. Al final, nada del DF me pareció nunca un prisionero intercambiable por las radiaciones de placer de las tardes en un corredor de casa tapatía.

En una ocasión, ya trenzado en la cama con la Flaca Osorio, me preguntó por qué seguía volviendo a Guadalajara, por qué seguía atado a una esposa a la que apenas soportaba y a unos hijos interminables cuyos nombres ni siquiera me aprendí nunca. Para eso también ganamos la Revolución, me dijo, para que sea decente el que ya es quien es y no el que todavía anda buscando.

Me quedé callado, pensándolo. Mira, le dije, la casa que te compró el teniente coronel en Tacubaya es muy moderna y elegante, pero no tiene corredores, no tiene equipales, toman agua que viene del grifo y no del filtro de piedra; no se pueden asentar reales mortales en una ciudad que no sabe parar al mediodía para beberse un tequila botaneando una jícama de agua y unos pepinos enchilados.

Había una teoría, con la que no estuve de acuerdo hasta que ya había pasado todo y lo único con que me pude quedar fue en lo que siempre invertí de verdad: el odio de Isabel y el desprecio de sus hijos. Se dijo por mucho tiempo, tanto en Guadalajara como en México, que al final me quedé con la Urbina porque era la hija única de un millonario cuyos pesos nunca me hubiera podido acabar.

Tal vez sea cierto que de todos los miedos que me han podido el más resistente es el de la pobreza, pero puedo decir desde mi fuero más honesto que eso no explicaría los sucesos de la madrugada letal en que vi por última vez en mi vida a la Flaca Osorio y le dije sacando fuerzas de quién sabe qué pozo repleto de supersticiones que mi mujer para siempre era Isabel.

DOÑA JUANA CUMPLIÓ con su palabra: vigilar por los hombres mientras eran niños. Fue ella quien sacudió a Brumell cuando los cuatro faros de dos coches hicieron una tanda urgente de cambios de luces a sus espaldas. El viejo se revolvió un poco en su lugar después de la sacudida y al sentir el aguacero de centellas de los faros se talló los ojos. Su circunstancia se le aclaró mientras el alma le iba volviendo al cuerpo entre tallones y se le precipitó hasta los zapatos cuando cobró conciencia exacta de dónde estaba y por qué. Se alzó para mirar por el parabrisas trasero y al notar que el vidrio estaba empañado por los vapores acumulados durante la noche, todavía se buscó instintivamente el pañuelo en la bolsa del saco. Recordó que lo había perdido la mañana anterior, con todo lo demás, y hasta entonces la angustia le hizo un descuento: limpió el vaho del vidrio con una mano e hizo un gesto que pedía un poco de calma a quien fuera que estuviera detrás de ellos. Se acomodó de nuevo en el asiento y respiró hondo. Miró de canto a doña Juana: Son dos Cadillacs, le dijo; esos coches sólo transportan a la muerte o a funcionarios públicos; vaya armando a los muchachos por si las moscas.

161

Sentado en su lugar, el viejo se ajustó la ropa y abrió muy lentamente la puerta. Ya que estaba totalmente abierta sacó primero una mano con la palma extendida. Era una extremidad que podía pedir un momento o anunciar una rendición incondicional. Mientras, Juana cortaba cartucho desesperadamente en las tres pistolas de su bolsa del tejido y, entre una y otra, sacudía a sus hijos por los hombros. Longinos sacó entonces los dos brazos por la puerta del coche y los afianzó en los marcos de la portezuela. Sacó una pierna al exterior, que agitó en una calistenia estrafalaria, luego sacó la otra y se estiró trabajosísimamente hasta quedar de pie fuera del coche, el tronido de la espalda el mismo de todas las mañanas, los ojos cerrados por un dolor extático.

Doña Juana, asomada apenas por detrás de su cabecera, susurraba: Cúbranse, muchachos, cúbranse, muchachos, a sus hijos amodorrados, con una de las pistolas bien empuñada en la derecha y las otras dos sobre el regazo. Vio cómo el viejo, ya de pie afuera y dando la cara a los Cadillacs, subía las manos a la altura del pecho.

Los hermanos Justicia se terminaron de despertar y se parapetaron detrás de sus asientos. Hecho bola en la parte baja de su sillón, Ladon estiró una mano hacia el asiento de atrás y doña Juana le puso una pistola en la palma. Se la pasó a su hermano y volvió a estirar el brazo en demanda de la segunda. Con cuidado, susurró doña Juana, que ya van sin seguro. El mayor de los gemelos se puso el fierro sobre el pecho, ya con el índice en el gatillo, y hasta entonces acomodó cuidadosamente el espejo retrovisor –sin subir la cara por arriba de su asiento– para mirar a través del pedazo de vidrio que había quedado limpio de vaho.

Vio a Longinos avanzando lentamente hacia los dos Cadillacs, dando unos pasitos tristísimos que lo devolvían

162

a la edad que parecía haber tenido cuando lo secuestraron la mañana anterior. La agitación era tanta al interior de sus cuerpos que las perlas de vapor en los bordes del parabrisas cuajaron en gotas de agua que iban abriendo vistas fracturadas del exterior. Así se va a ver el mundo, pensó Ladon, si llegamos a las rejas.

Se apagaron las luces de los dos coches negros. Aquí vamos, susurró doña Juana; tírense al suelo. Álistor la obedeció mientras ella misma se acuclillaba entre su sillón y los asientos delanteros. Ladon se quedó firme, alzado en su puesto y listo para representar una vanguardia en caso de que tronaran los cuetes; de todos modos no quería sobrevivir a una detención. Vio cómo se abría la puerta de uno de los Cadillacs y bajaba la silueta de un hombre más ágil y correoso que Brumell. Iba vestido con un traje claro que no venía en lo más mínimo al caso con la noche cerrada; definitivamente no llevaba armas en la mano. El hombre alzó los brazos con un entusiasmo que parecía genuino. Su voz de general de verdad retumbó por el estacionamiento: Pinche Longinos, cómo estás jodido. Brumell se enderezó automáticamente y alzó los brazos como un torero que agradece las palmas. Siguió caminando hacia su interlocutor y convirtió su alzada de manos en un extenso saludo que pedía un abrazo. Es el Arcángel, murmuró Ladon para beneficio de los que habían quedado en el coche; ya levántense. No seas tarado, le dijo su madre, aquí es donde el señorito que secuestramos a lo pendejo nos entrega sin un solo balazo; tú encárgate de que se lleve el suyo antes de que sus compadres nos claven en el infierno.

Los viejos se reencontraron en el mejor estilo de la clase política —un apretón a cuatro manos, un abrazo de tres palmadas, cada una más baja que las otras para sentir si había pistola y las cabezas muy ladeadas hacia la izquierda, no se fuera a pensar que eran maricones; otro apretón de manos al final. Longinos le dejó una palma sobre el hombro al general mientras intercambiaban frases que los hacían reír a ambos. No hay cerdos a la vista, dijo Ladon. Luego los dos viejos caminaron hacia ellos. Cuando alcanzaron el coche, doña Juana oyó la estentórea voz del revolucionario diciéndole a Brumell: Yo le dije hace años que se estaba juntando con la gente equivocada; vea nomás cómo lo traen vestido. La vieja sintió la pistola ardiéndole en la mano derecha. Todavía pensó que con un solo gesto podía vengar la muerte de su marido, aunque en la refriega perdieran la vida Ladon y Álistor. Un intercambio, se decía: todos los Justicia por un jerarca del nacionalismo revolucionario. Acarició el cañón de su arma. Escuchó a Longinos decir, mientras tomaba la manija de la portezuela: Se parecen más a nosotros de chamacos que a los que están arriba. La vieja le puso el seguro a la pistola.

La puerta se abrió y Juana sintió un brazo como relámpago colársele en el seno. No pudo hacer nada, encorvada como estaba todavía. Estamos entre amigos, señora, escuchó que le decía el general mientras se guardaba el arma en la bolsa del saco. Luego se asomó al interior del coche para darle los buenos días a los muchachos. Álistor se estaba incorporando. El viejo estiró la mano y lo palmeó en el hombro. Ahí en el otro coche, dijo, traigo a un general de división que está casado con una de mis hijas; porfa le dan todas sus armitas antes de subirse a mi Cadillac; y háganlo rapidito, muchachos, porque ya estoy viejo y me cansa viajar después del mediodía.

Los señores se volvieron y dejaron la puerta de doña Juana abierta. Iban charlando como si estuvieran en la más normal de las circunstancias. Longinos alcanzó el Cadillac del que había salido el general y se metió por la portezuela izquierda con agilidad inopinada: ya estaba cómodo otra vez. Cisniegas no se acomodó directamente en su coche. Se acercó al otro y dio alguna orden por la ventanilla que se abría. Se volvió a su carro y después de meterse dejó la puerta abierta, sugiriendo que esperaba a los Justicia. Del otro auto se bajó un general de juguete: impecable y demasiado joven, con el pecho cuajado de medallones de postín. Se puso el quepí sobre el pelo perfectamente envaselinado. Los Justicia todavía tardaron un poco en decidirse a abrir sus propias portezuelas. Doña Juana, agitadísima, estaba recargada sobre su respaldo masajeándose el nacimiento de la nariz con un dedo, como si le doliera la cabeza. El gesto, equívoco, tenía la intención de relajarla para tomar la decisión adecuada con lo que siguiera, que al parecer podía ser cualquier cosa pero ya no la muerte o la tortura. Los hermanos, por su parte, se veían uno al otro de canto, los cuerpos laxos tirados hacia atrás, sin ganas de ocultar que había algo de decepción en el hecho inesperado de que su incursión en las acciones revolucionarias latinoamericanas hubiera durado veinticuatro horas y terminado no en la batalla y el monumento, sino en el coche dinosáurico de un político rastrero y millonario.

A fin de cuentas es un revolucionario, dijo Álistor; no es como los otros. Ladon negó con la cabeza, aunque ya tenía la pistola en el regazo. Doña Juana, que se había dejado de comunicar con ellos hacía ya rato en la atalaya memoriosa que había instalado en el asiento de atrás, añadió para apuntalar el argumento de su hijo: Yo hubiera preferido que a su padre le hubieran dado una amnistía, hay que verlo así; y viró lentamente pensando en bajarse. Sabía que todavía los podían detener, pero ya no tenía opciones. El generalito, que se acercó por el otro lado, tocó discretamente en el vidrio de Ladon con su anillo gigante de casado con hija de monstruo. Te habla Pedro Infante, dijo Álistor mientras dejaba su pistola sobre el tablero del coche y abría su puerta. Doña Juana se bajó y le dio los buenos días al militar. Él se enderezó y dijo: Señora. Amanecía. Ella tuvo finalmente la certeza sin defectos de que iban a vivir. Se asomó de vuelta al interior del coche y apuró a sus hijos. El militar requisó las armas de los Justicia con un comedimiento excesivo. Se las regresamos cuando lleguemos a donde sea que los dejemos, dijo, revisando que tuvieran el seguro puesto. Los hermanos caminaron detrás de él. Tenemos que sacar nuestras cosas, dijo Ladon, desviándose hacia la cajuela. Llevaban ahí las maletas desvencijadas y las cajas de huevo en que habían guardado todo lo que les quedaba en el mundo. El militar lo miró a los ojos y negó con la cabeza. Pero son nuestras cosas, dijo Álistor. El recién llegado se alzó de hombros: Van a tener que empezar de nuevo en serio, dijo; con los gringos no se juega aunque también nos caguen a nosotros. Doña Juana miró a sus hijos y, con un gesto cansado, les dio la orden de seguir rumbo al coche de Cisniegas.

El militar le pidió a Ladon sus llaves y él las entregó como quien cede una muela. Pedro Infante le dijo que había suficiente espacio para ellos dos en la parte de adelante del coche del Arcángel —así se refería él también a su suegro.

Mientras los hermanos se acomodaban en el asiento cubierto con piel de jaguar del Cadillac, el dueño del coche les tendió una mano desde la parte de atrás: Antón Cisniegas, dijo, general de división del Ejército Constitucionalista, libertador de Autlán y senador de la República. Ladon, dijo el más aplomado de los gemelos tendiéndole la mano, estudiante de turismo. Álistor hizo un tímido signo de amor y paz con la mano derecha y murmuró su nombre.

Cisniegas tendría casi noventa años y sus primeros treinta los había curtido al adobo brutal de los humos de la pólvora y el sol de arrojo que reverberaba en los techos de los trenes militares, de modo que en el lugar en que todo el mundo tenía una cara él tenía la superficie de un astro apedreado en la que brillaba la raja de dos ojos negros y malintencionados. Iba vestido con un traje perfecto color hueso que conforme botara el día iba a ganar exactitud y propiedad. El chaleco y el saco cerrados a pesar de las apreturas que implicaba el viaje en coche; la camisa celeste y la corbata perla contrastando con las cañadas broncíneas de un cuello reptil –colgado aunque despierto, mortalmente grácil como el de un pájaro carroñero. A Ladon lo impactaron sus manos milenarias saliendo como dos osos famélicos de la cueva de los puños bien planchados de la camisa. Eran muy morenas y nerviosas; tensas en su perpetuo tallarse una a la otra y orladas con dos joyas de mentis: un anillo de matrimonio que debió legalizar alguna relación temprana pero representaba más bien a todas las mujeres a las que les hizo un hijo que luego les arrebató y otro de graduación de unos estudios necesariamente imaginarios.

Después de presentarse y saludarlos con una candidez que definitivamente no se esperaban de un hombre cuyo retrato aparecía en las enciclopedias en hierático trance libertario y en la memoria de la gente como el asesino de lo que se ofreciera, el general abrió su vidrio y dio una orden con un movimiento de las pestañas. Vieron cómo el yerno del Arcángel tintineaba las llaves y del coche de al lado salía un soldado de poco rango para tomarlas. ¿Es robado?, les preguntó. Ambos negaron con la cabeza. El viejo le ordenó al cabo que lo desplacara, le quitara los números de serie, lo

167

quemara y lo tirara a uno de los lagos. Más vale, ¿no?, hizo el esfuerzo por disculparse con los Justicia como si fuera necesario. Ellos vieron el *Enterprise* desaparecer, con la cajuela repleta de sus vidas, adelante de una nube de polvo. Los Cadillacs reventaron como dragones hacia el otro lado.

Doña Juana ya había abierto su bolsa del tejido, que ahora era sólo eso, y se había puesto a trabajar: la luz ya era suficiente.

UN FANTASMA ES una persona que tuvo el desatino de morir dejando una herencia emocional tan cuantiosa que le sobrevive y hostiga a los vivos que le rodearon. Los fantasmas tienen sólo contenido moral: representan algo que permite comparar el pasado con una miseria presente: el rey que va y se aparece para llamar a Hamlet a la cordura y la venganza o el espectro del cacique Pedro Páramo que arrastra a su pueblo a la ruina están ahí para recordarnos que hubo un tiempo en el que privó alguna forma peculiar pero efectiva del orden. Yo tengo, y a mi edad es apenas justo reconocerlo y hasta gritarlo a los cuatro vientos, un fantasma entre las piernas.

Como todos, tuve tiempos de solidez mitológica no sé si porque lo fueran realmente o porque la añoranza de la minería es incurable. Ese empellón que de pronto parte la tierra y la derrama; ese centrarse en el ombligo del mundo y quebrarlo de un golpe lento, exacto. Tener proa y reventar los hielos. ¿Cómo no lo voy a extrañar? Entrar era partir plaza en el corral de las jerarquías celestes y bajar a lo más alto, clavar la cruz propia en el Calvario de otra. Lo extraño más que la corona de diamantes que antecede a la soñolienta salida –en realidad la puerta a todas nuestras fragilidades.

Pero entrar, aunque suponga abrir las aguas de todos los mares con el puño, implica también hacer el sacrificio de la belleza en el templo de la unidad. Es cierto que dos que se hunden en sí paran el mundo, pero también que se convierten en una criatura de ocho extremidades: un pulpo. El que encuentra una belleza santa de verdad, siente el filo ardiente de las estrellas en las yemas de los dedos y baja de vuelta por la escalera del aroma para postrarse ante ella. Le cede el paso al fantasma.

Eso lo sabían los poetas de la Aquitania galante y los del Madrid sepulturero del Siglo de Oro, pero en el mundo de novelistas rentapatrias y líricos de leche vanguardista que nos ha tocado, se tiene olvidado por completo. A veces entregar no un adalid sino una flor –frágil y exigua– puede ser el gesto más rutilante porque además es involuntario: la belleza abrasa y tiene que pasar, aunque sea sobre nosotros.

La mañana en que finalmente pude escalar las torres de la Flaca Osorio, nomás no se me paró. Así. La había querido para mí durante mucho tiempo y con todas las terminaciones nerviosas del cuerpo; la había cultivado, aprovechando las borracheras del decadente círculo de amigos de su marido en la ciudad de México; había ido detrás de ella a Guadalajara cuando volvían a recargar sus piletas del agua todavía beatífica de la provincia y había vuelto mil veces con los pretextos más inverosímiles cuando regresaban a Tacubaya. Había probado su saliva a ocultas y le había apretado las nalgas cuando nadie nos veía; había visto que era buena.

Entonces hicimos una cita que creo que para ambos fue mitad una consecuencia necesaria de las excesivas compañías que llevábamos meses haciéndonos y mitad, sobre todo para ella, una claudicación: el salto de la tigra por el aro de fuego. Quedamos de vernos de día en un café que había a la vuelta del departamento que tenía en la calle de Puebla.

El departamento estaba en el segundo piso de una casona porfirista cuyo frente tenía una oficina para mí y otra para mi secretaria, y que más adentro se desplegaba en una estancia amplísima con dos habitaciones, cocina y un baño de dimensiones romanas.

La noche anterior a nuestra cita en el café, como tantas de las que los Jaramillo Osorio pasaban en su residencia capitalina, habían ofrecido una cena apretada y rumbosa. El teniente coronel nunca ostentó un papel visible en la política nacional —o incluso la local de Jalisco—, pero siempre estuvo en el hueso de sus caldos sin que quedara claro qué hacía, igual que había pasado por la Revolución sin disparar un tiro ni arriesgarse a recibirlo.

Casi nadie cruzaba las puertas de la casa de Tacubaya porque sí: Jaramillo tenía una agenda de negocios y tramas políticas interminable y los agentes de su enriquecimiento solían no faltar a su mesa porque tenían la certeza de que iban a salir parados en tierra más firme, después de haber alternado con alguien que presumirían al día siguiente: toreros, actores, pintores —por entonces todavía no necesariamente muralistas—, figurones del gabinete. Nadie, tampoco, iba a esas cenas sin la barriga dispuesta y la garganta caliente: la cocinera que la Flaca se había traído de La Resolana era capaz de convertir cualquier animal en un palacio y el teniente coronel había expandido el negocio de nuestra distribuidora de tequilas con piloncillo hasta convertirlo en una importadora de vinos y licores para el consumo de una elite que se civilizaba como podía —conservando en secreto su nostalgia por la cerveza y los curados de fruta.

171

Yo llegaba a las nueve en punto no porque tuviera costumbres de inglés sino porque así podía acompañar durante un rato a la Flaca mientras dictaba las últimas disposiciones para la cena. A esa hora todavía solitaria siempre actuamos como los viejos amigos que también éramos: intercambiábamos chismes de la vasta comunidad jaliciense avecindada en la capital, reseñábamos lo que sabíamos de los invitados, nos manteníamos a una distancia prudente cada uno del otro no porque alguien pudiera vernos –la cocinera y sus asistentes jamás se habrían atrevido a dirigirle la palabra al teniente coronel ni para denunciarnos– sino porque el legado inmediato del rubor es siempre la torpeza.

Había un pintor de máquinas rotas que también era habitual. Era siempre el segundo en llegar y se unía con una agudeza de la que en honor a la verdad carecíamos la Flaca y yo al intercambio de opiniones sobre el resto de los asistentes. Sus observaciones hechas con voz operática desataban el descenso al comedor de Jaramillo, que de principio a fin de la fiesta estaba sentado en la cabecera con una sonrisa socarrona y los ojos chicos de los que están leyendo todo lo que pasa sin decir nada.

La última habitual era la rutilante Reina Osorio, para entonces ya estrella de cine de una fama misteriosa si uno consideraba sólo su talento. Llegaba tarde, casi siempre cuando la mesa ya había sido levantada y se conversaba en plan un poco degenerado a la luz de los proverbiales escoceses del teniente coronel: la suya era por entonces una de las pocas casas ricas del país en las que se bebía algo que no viniera de Francia.

Para los fines de los años veinte y la primera mitad de los treinta, la ginebra seguía siendo en México una excentricidad de marinos y el vodka un trago para inmigrantes, por lo que los aperitivos eran siempre vermouth blanco o rojo, algún coctel con ron –la cuba libre todavía no empezaba entonces a hacer estragos en el gusto capitalino– y sherry helado para la mujeres. Siempre había botana, siempre jaliciense y siempre exitosa: cueritos, jícamas con pepino, naranja, limón y chile, sopitos de papa con salsa verde, cacahuates hervidos, fruta en vinagre.

Luego venían las viandas fuertes, que a mí nunca dejó de sorprenderme que fueran tan sofisticadas habiendo sido preparadas por una señora que se resistía a usar zapatos y sus sobrinas mudas. Los platos se acompañaban con vinos caros –una excentricidad en un país más bien cervecero– que se chorreaban como si fueran agua. Al final había siempre el mismo postre: chongos zamoranos, que eran lo único que el teniente coronel parecía pedirle de verdad a la vida, además de la oportunidad de ver pasar frente a sí el cuerpo de la Flaca Osorio, del que, según me contaba ella, medró en pocas ocasiones y muy al principio porque lo que en realidad le gustaba para hacer sus cosas eran los muchachos.

Era durante el café cuando se hablaba en la mesa de lo que los invitados habían sido convocados para hablar y esa discusión generalmente conducía dilatadamente a los platones de fruta, los quesos de Lagos de Moreno y los escoceses.

En muchas ocasiones el teniente coronel y sus comensales se amanecían discutiendo necedades, pero en otras, que yo esperaba ansiosamente semana tras semana, alguno proponía ir a bailar un rato al Wikiki o al Patio. Entonces Jaramillo se volvía hacia mí y me decía que él no estaba para danzas, que por favor acompañara a la Flaca y se la devolviera con bien cuando le ganara el sueño –cosa, por cierto, nada fácil.

Ida la fiesta a otra parte, la Flaca y yo, todavía indecisos sobre imponernos un daño irreparable, acompañábamos a los huéspedes al primer salón de baile y cuando ellos se seguían al segundo, casi siempre en la por entonces flamante plaza de Garibaldi, ella decía que estaba cansada, que por favor la llevara a casa. Entonces pasábamos a Los Heloínes a bebernos las del estribo sentados en alguno de los gabinetes, todavía sin tocarnos pero ya platicando a la distancia en la que lo único que existe es el aire del otro.

En Los Heloínes y sólo en Los Heloínes la Flaca fumaba en público. No los puros con que nos manchábamos la boca los varones ni los cigarritos vomitivos que solían fumar por entonces las mujeres, sino una rareza que se había sacado quién sabe de dónde. Mientras contaba cualquier historia ya medio borracha, sacaba distraídamente de su cartera una cajita de plata llena de tabaco rubio picado más finamente que el de pipa, un rollo de papeles de arroz de los que se vendían en Santo Domingo para que los soldados de Palacio pudieran fumarse su marihuana de noche, y forjaba unos cigarritos que olían a caballo y clavo y que disfrutaba con una fruición con la que no la vi disfrutar de nada hasta que le conocí las costumbres de cama. La vida se me iba en el momento en que sacaba la lengua y lamía el papel con lentitud artesanal para pegarlo.

Una noche en que yo me había quedado sin puros desde los escoceses de la mesa del teniente coronel le pedí que me forjara uno y me lo fumé con ella, mis rodillas rozando las suyas, potentes y huesudas. Estábamos tan borrachos que fui honesto. Le dije ya demasiado cerca del oído que estaba inhalando su saliva y que toda la gente que importaba de la ciudad de México habría dado lo que fuera por estar en mi lugar. Me apretó la mano muy fuerte durante un poco más de lo que hubiera permitido una amistad aun en los tiempos tan laxos que todavía corrían. Ya en el taxi me arrolló con un beso que, conforme se fueron repitiendo esporádicamente las oportunidades, fue cada vez más largo, más hondo, mortal.

Todavía pasaron meses para que tomáramos la decisión de vernos de día para cumplir lo que el cuerpo llevaba tal vez demasiado tiempo demandándonos –si digo la verdad, desde el instante en que apareció en el corredor de la casa del teniente coronel en Guadalajara con una charola, tres vasos y un vestido de raso verde oscuro.

El día en que nos vimos en la cafetería de a la vuelta de mi departamento en la calle de Puebla yo estaba cierto de que su promesa de encontrarme había sido pura calentura de otra noche demasiado larga y fui a esperarla sólo porque de todos modos quedarme en casa habría sido insoportable. Era mediodía y la tarde se anunciaba luminosa; debían ser los fines de abril o los principios de mayo, que son los únicos días en que la ciudad de México bendice a sus ciudadanos con lo que ellos llaman calor y en el resto del país sería un templado razonable.

La Flaca llegó un poco tarde, así que yo ya estaba jugando con la cucharita de mi lechero entre la desazón y el alivio. La vi aparecer contoneándose en la esquina con un vestido un poco más chico y vaporoso que los que usaba de noche. La cara se le había congelado en una sonrisa tensa y aplomada. Entró aprisionada por el rubor y me saludó de pie junto a la mesa, de la que yo me levanté con nervio de resorte. ¿Quieres un café?, le dije mientras miraba indecisa a la silla que yo le había extendido. Invítamelo en tu casa mejor, me dijo, porque aquí todo el mundo va a notar que me están llevando los bochornos.

No hicimos café. Tampoco el amor porque yo nomás no pude poner nada frente a tanta belleza. Lo que sí hicimos fue todo lo demás que hacen los que están desesperados y quedarnos a deber para una siguiente y otra y otra y otra.

HICIERON A UNA velocidad entre delirante e inaceptable el descenso de vuelta a Quiroga, cambiando luces y pitando a quien se hubiera atrevido a ir delante de ellos en la carretera. En más de una curva de veneno los pobres rancheros en las primeras pickups de la mañana tuvieron que tirarse al monte para evitar ser arrasados por un coche que transportaba a alguien obviamente más importante que ellos.

Los gemelos, en primera línea, fueron callados todo el tiempo. Habrían rezado si hubieran sabido. Apenas le ponían atención a la plática entre los dos viejos, que conversaban como si sus vidas no estuvieran en peligro perfecto. Doña Juana dejó de tejer pronto y se afianzó en el descansabrazos de su lado, para no cabecear sobre Longinos, convencida de que lo que no había podido la Federal de Seguridad lo iba a poder la carretera.

Cruzaron Quiroga como si hubiera sido un campo de girasoles, sin respetar ni mínimamente el airoso semáforo del centro del pueblo. Se encresparon rumbo a Capula con maneras de tiranosaurio: el paisaje pasando como una premonición tras las ventanas. En Capula, que ya había despertado, aplastaron a un perro y le dieron lámina de desa-

176

yuno a un ciclista que quizá haya sobrevivido. El chofer ni respingó cuando el muchacho salió disparado por el aire con las ruedas de su bicicleta girando desorbitadamente.

El descenso a Morelia habría tenido el mismo sabor a relámpago de no ser porque toparon con el primer retén militar al poco de salir del pueblo. Por supuesto, no respetaron la fila: al notar las luces intermitentes de su último coche, el chofer del Cadillac dio un fiero volantazo a la derecha y siguió de frente a una velocidad de pánico con una llanta sobre el monte. Entre los dos automóviles deben haber dejado una nube de polvo de talla volcánica. Incluso Longinos masculló un Ay Jesús, que devolvió la atención de Cisniegas a lo que sucedía afuera del automóvil. Con cuidado, Perico, con cuidado, dijo, palmeándole un hombro al chofer. El conductor no le hizo caso y él no esperaba que se lo hiciera. Hasta adelante de la fila vieron un camión militar bloqueando el camino y un soldado haciéndoles señales de que se detuvieran. A qué la chingada, dijo el general Cisniegas.

Frenaron a veinte centímetros del camión verde olivo. Pérate un momento, le dijo el viejo al chofer, y bajó el vidrio. Sacó la cabeza por la ventana para gritarle al soldado, que al ver que no iban a frenar había brincado a los matojos: Podrías quitar tu camioncito; ya voy tarde. El soldado respondió con un poco de susto que le permitiera consultar a su superior. Aquí traigo uno más superior que el tuyo, respondió el general, y si quieres que te diga la verdad, yo soy tu mero padre; y se viró para hacer una señal con la mano hacia el coche que transportaba a su corte.

El general de división se bajó del segundo Cadillac. Todavía no terminaba de alisarse la casaca cuando el soldado ya se había cuadrado. El yerno hizo un gesto con la mano y el hombre de guardia corrió a arrancar el camión, cuyos cuartos traseros se hundieron en una zanja al lado del maizal para que pudieran seguir.

Doña Juana vio pasar la defensa del camión militar a unos milímetros de su ventanilla. Ya que el segundo Cadillac del convoy había pasado, el viejo le ordenó al chofer que frenara un momento. Chirriaron las llantas de ambos coches. Cisniegas volvió a sacar la cabeza para gritarle al soldado por la ventana que cuando fuera a México lo buscara para que le bautizara un chamaco. Cerró la ventanilla y volvió justo a donde se había quedado en la conversación con Longinos. El abogado le puso poca atención al principio, admirado como estaba al ver cuadrarse a todos los hombres que, en ese momento, revisaban coches en el retén.

Siguieron como un tsunami de metal y entraron a Morelia sobre la nervadura de la carretera: desde que Perico notó que había tráfico, se montó sobre la línea que dividía los carriles y apretó sin ver. Ya en el acueducto, obligado a asentarse en un carril por lo cerrado de las calles del centro de la ciudad, sacó una luz de policía por la ventana, la pegó en el toldo del Cadillac y aceleró todavía más. Cruzaron arrimando peatones, taxistas, conductores comunes y hasta policías de tránsito que habían confundido su trabajo con un deber. En la esquina misma del Palacio Municipal un hombre de traje bien cortado acompañado por dos cerdos que obviamente pertenecían a la Federal de Seguridad les hizo señales de que se detuvieran. Párese ahí, Perico, dijo el Arcángel. Creo que el gobernador es mi amigo, agregó a manera de confidencia dirigiéndose a los Justicia, a los que aludía por primera vez en su conversación.

El chofer quemó las llantas justo frente al hombre de traje, extraordinariamente atildado. El viejo volvió a abrir el vidrio y el funcionario se acercó. En qué le puedo servir, preguntó Cisniegas. Dice el gobernador que quiere hablar con usted, que si sube un momentito. El viejo se volvió a ver a Longinos con una mueca, mientras ponderaba si bajarse o no. Longinos miró alrededor y notó que, aunque el carro escolta seguía detrás de ellos defensa con defensa, estaban rodeados de policías; miró a los ojos del general y negó con la cabeza, sintiéndose responsable por la seguridad de los Justicia y, a esas alturas, por la suya propia: haber mandado traer al Arcángel lo convertía en un colaborador del tamaño de Chihuahua y él no tenía las relaciones que le iban a permitir a su amigo salir indemne de esa aventura o cualquier otra.

El Arcángel le palmeó la mano al que debería ser el secretario particular del gobernador y le dijo: Dígale a mi amiguito el góber que no puedo dejar solo aquí a mi Longinos por el momento; está malo de su salud; también dígale que si quiere platicar se dé una vueltita por mi casa. El señor gobernador aprecia mucho a don Longinos, dijo el secretario, y tiene una información importante que darles a los dos, la idea es que él también suba. El Arcángel volvió a pensarlo; doña Juana, que hasta entonces había navegado con bandera de invisible, le apretó discretamente una rodilla a Longinos. Éste le murmuró a Cisniegas en el oído: Vea nomás a los camaradas del señorito secretario, no podemos dejar solos a los muchachos y la señora. Ya ve, dijo el Arcángel en dirección al joven; cuando no se puede no se puede; dígale a mi amiguito el góber que lo aprecio mucho, que le voy a mandar unas botellas del refresco que le gusta, pero que llevamos prisa porque yo si no almuerzo en México, siento que di el salto patrás a la provincia. Yo le doy su mensaje al señor gobernador, mi general. ¿El góber es mi ahijado? Sí. Dígale que dobles refresquitos porque aprecio mucho que haya tomado la decisión de no molestar a los amigos de mi amigo Longinos. Se quedó en silencio un

179

momento y preguntó: ¿El góber también es ahijado de Longinos? Es su compadre, general. Mire nomás, cuántos amigos. El secretario afirmó con la cabeza, visiblemente contrariado por haber fracasado en las negociaciones que le habían encomendado.

Cisniegas pareció ponderar algo más durante un momento –entrecerró los ojos de por sí rajados, paró la boca– y miró al secretario desde la distancia de los que dan la orden de abrir fuego en el paredón de fusilamiento. Alzó su garra de buitre y le dio una palmada en la mejilla. Tan jovencito, dijo. Luego le atoró el índice en el gaznate. ¿Y usted y yo seremos algo?, preguntó apretando amenazantemente debajo de la manzana de Adán del funcionario. Podríamos ser amigos, respondió el joven, la voz delgada y la frente con perlas de sudor. Trató de dar un paso atrás y el viejo lo prendió por la tráquea con un pulgar de hierro. ¿Y no tendrá usted algo que decirme para que seamos más amigos? Cisniegas levitaba de placer ante la posibilidad de infligir un poco de miedo. Jaló al joven hacia sí y ya que lo tuvo a modo lo prendió por los testículos, que apretó con saña. Los oficiales de la Federal de Seguridad se llevaron la mano a la cadera: Se mueven un milímetro, dijo el Arcángel para su beneficio, y se los arranco; ya me conocen. Los hombres dieron un paso atrás y regresaron a su posición de descanso. El general prendió con la mano que le quedaba libre la nuca del secretario y metió la mitad superior de su cuerpo por la ventanilla para poderle hablar al oído. Eso que me tiene que decir, agregó, dígamelo aquí adentro y mande a sus puerquitos a la chingada. Los oficiales de Seguridad del Estado dieron otros tantos pasos hacia atrás al ver que el funcionario se lo pedía con las manos, atrapado por la mitad dentro de la cabina del coche. Los Justicia estaban encantados.

180

Ya que se habían alejado, el viejo volvió a murmurar: Ahora dígame lo que me tiene que decir fuerte y claro, o lo obligo a comérselos a la mexicana. El secretario anotó con un hilo de voz que aquello no era necesario, que saliendo de Morelia no se iban a encontrar más que a aliados, pero que en el estado de México no iba a estar tan fácil; en Tlalpujahua y Contepec se van a hallar gente con la idea de hacerle daño a un héroe de la Revolución. ¿Y cómo los evito?, preguntó el viejo, apretando un poco más. El joven pujó un tanto antes de decir: Váyase por el sur, por Madero; está retirado, pero sólo así va a llegar a almorzar a su casa. Cisniegas le acomodó el nudo de la corbata casi con ternura, sin dejar de apretar con la otra garra. El joven se retorció un poco más y soltó un gritito. ¿Escuchó, Perico?, dijo el general. El chofer afirmó con la cabeza mientras miraba al techo del Cadillac, al parecer pensando. Yo tengo un mapa, dijo doña Juana. No hay necesidad, señora, respondió el Arcángel, que no soltaba ni sus maneras de caballero ni las pelotas del secretario. ¿Y qué sabe del estado hermano de Morelos?, preguntó. Ahí no lo quieren nada mi general, respondió con la voz delgadísima; acuérdese de que usted gritó fuego cuando acostaron a Zapata. El general le dedicó a Longinos y los Justicia una mueca que implicaba una disculpa por los excesos de un pasado ya muy remoto. Soltó al muchacho, que respiró muy hondo. Todavía le acarició el pelo antes de dejarlo sacar la cabeza del coche. Le preguntó: ¿Y a poco me ayuda tanto por puro miedo? No soy nada suyo, respondió el secretario como si tuviera algo muy grueso en la boca, pero sí soy ahijado de don Longinos, la idea era ayudarlos. Escupió muy ruidosamente al suelo. Refresquitos para el ahijado de mi compadre, cómo no, dijo el viejo. Le dio una palmada en la mano que tenía todavía recargada en el vidrio y lo cerró sin avisarle que pondría a girar la manivela.

181

Ya oyó, le dijo al chofer, que el otro coche se vaya adelante para que vaya atendiendo a los muchachos del retén y luego hacia el volcán, aunque hagamos más rato; nomás me falta andar saliendo en la prensa por culpa de un par de alzados de sarao.

Ladon se atrevió por fin a cruzar una palabra con él: ¿A poco se sabe todos los municipios del país? El viejo volvió a hacer la mueca de disculpa por haber tenido una vida que tal vez ya había durado demasiado. Y todas las brechas que los conectan, respondió. Hubo unos segundos de silencio. Perico, qué pasa, gritó Cisniegas. El chofer hizo un vago saludo militar para indicar que se ponían en camino y bajó su vidrio para hacerle una señal al Cadillac de atrás, que se detuvo a aceptar instrucciones antes de adelantarlos a doscientos por hora a pesar de que estaban a media ciudad.

Salieron de Michoacán sin mácula, por caminos muy lentos pero también gráciles. No que Perico fuera un chofer que permitiera el ejercicio de las contemplaciones, pero dado que la mayor parte de las rutas hacia el sur eran de pura terracería, no podía ir a la velocidad de guepardo a que los tenía acostumbrados. Brumell pudo disfrutar otra vez de la misteriosa y antigua conversación entre los bosques y las huertas michoacanas porque en algún momento el general se quedó dormido de manera tan intempestiva como hacía todo lo demás.

La parte alta del estado de México, cuya frontera cruzaron poco antes de las diez de la mañana, guardaba un secreto tan clásico y sencillo como el de los paisajes que los habían perseguido antes. Los bosques eran acaso más negros y cerrados, las laderas más abruptas, los pinos más filosos, los sembrados más escasos y pobres. Se acabó la tierra santa de los purépechas y empezó México, le dijo Brumell a los Justicia, que tampoco entendieron nada. A pesar de la

182

seguridad que los viajeros sentían gracias a la protección tan cuestionable del Arcángel, aquellas densidades boscosas tuvieron algo de premonitorio que terminó por hacer más sólida la sensación de que todos habían terminado por jugarse algo a bordo del Cadillac en el que los había sumado el azar.

¿Usted cree que nos vendió el góber, compadre?, le preguntó Longinos al general cuando despertó de su siesta de quince minutos exactos. Cisniegas se alzó de hombros. En Michoacán todos son cardenistas y por tanto antiyanquis, dijo; así que mi góber no ha de poder mucho: le han de estar dando mucho calor del centro. Suspiró más bien con hartazgo.

Los Justicia los miraban como si fueran la tele: ya estaban demasiado interesados como para distraerse sólo porque todo viaje con Perico era necesariamente una experiencia que bordeaba, por el lado incómodo, lo sobrenatural. Después de un momento de silencio, Brumell siguió dándole vueltas al asunto que le preocupaba desde la tarde anterior. El problema con los corridos de la Revolución, le dijo a Cisniegas muy a bocajarro, es que apenas la patria se volvió aburrida, degeneraron en rancheras. Si ya no lo fusilan a uno por nada del mundo, no queda más remedio que mostrar el valor recogiendo margaritas a patadas. Los corridos, concluyó, siquiera eran romances sobre pistoleros en aguardiente. No se ponga así, mi compadre, dijo el Arcángel, ¿cómo que pistoleros en aguardiente?; mi corrido era bueno, aunque ya nadie se acuerde de él, y ni yo ni ninguno de los generales con los que hice campaña tomábamos ni una gota durante la guerra; la tropa era borracha y marihuana, pero por eso era la tropa. Los hermanos Justicia le preguntaron al mismo tiempo: ¿Tiene un corrido? Todo general que se preciara de hombre tenía más de uno. ¿Y lo grabaron? «Los Gavilanes de Sayula». Acabamos de escuchar «La Valentina» en la versión de los Záizar, dijo Brumell. Álistor ya no se pudo sustraer del hechizo de la historia en directo: ¿Y como cuántas vidas debe? ¿Tengo cara de no haberme ganado la que tengo? Tiene cara de alacrán del partido, si me pregunta, dijo Ladon, urgido por compensar lo que ya consideraba la entrega de su hermano al régimen. Cisniegas ni lo escuchó: ¿Quién cree que dirigió el flanco de caballería que le cerró el paso al Centauro en Celaya?; ahí salvamos a México de la barbarie, o de una barbarie más peor que la nuestra. Los hermanos le ofrecieron, desde el sillón de adelante, una mirada vacía. El viejo se crispó de una manera triste: No tienen ni idea de lo que estoy hablando, ¿verdad? Ni idea, dijo honestamente Álistor. ¿Y usted?, preguntó mirando a Ladon. El Centauro sería Villa, dijo. ¿Pero usted sabe qué pasó en Celaya? No. Pero lo sabe todo de la guerra focal del Che —con la que por cierto nadie nunca ha ganado nada. Absolutamente todo. Por eso estamos tan jodidos. Doña Juana desatendió su tejido un momento para pensarlo, luego preguntó, levantando discretamente uno de los ganchos como el dedo demasiado largo de un estudiante aplicado: ¿Pero que no era usted villista cuando andaba asolando Jalisco? Fui villista hasta que se vio que el que iba a ganar era Obregón, respondió sin notar ningún género de contradicción en lo que afirmaba. ¿Y mandaba fusilar y todo?, preguntó Álistor en parte para distender el ambiente y en parte con genuina ilusión de estar viajando con un personaje cuyo nombre tarde o temprano iba a orlar una calle. Con este dedito, respondió el general alzando el índice. Eso es a lo que yo llamo conciliar, dijo Ladon. Fusilábamos sólo a los elementos intransigentes, le respondió el Arcángel al más rejego de los gemelos. Convencidos. Como tú, anotó el viejo, amenazante: ¿Te bajamos aquí y vemos cómo te va, o mejor conciliamos? A doña Juana se le rebeló toda la piel. Tampoco se ponga así, anotó Brumell. Yo no voy a correr nunca a los amigos de mis amigos aunque se pongan impertinentes, dijo Cisniegas: valorábamos tanto la lealtad que ni cárceles teníamos; estabas de un lado o del otro y uno de esos lados estaba bajo tierra. ¿Puedo opinar sin que me baje?, desafió Ladon. Adelante. No conciliaban nada, corrompían. La cosa estaba engrasada, reconoció el viejo. Puedo conceder que ustedes llegaron más rápido, pero no sirvió de nada, se revolvió Ladon. Antón Cisniegas respingó de verdad por primera vez. ¿Cómo que no sirvió de nada? Pregúntale aquí a Brumell: cuando lo conocí él era rico y yo pobre; a la mañana siguiente yo ya era rico y él seguía siendo rico. Brumell reaccionó de manera un tanto escéptica: Es una forma de verlo, dijo. Mírate, le dijo el general a Álistor, con tu camisetita de adolescente gringo de clase media; cuando yo era niño el hijo de una lavandera iba de manta y huaraches; y hasta donde sé, ayer todavía estabas inscrito en la universidad. Doña Juana intervino por una única vez: Su papá llegó perseguido y este país con su Revolución tan chayotera le dio hasta la oportunidad de irse a morir como pendejo a Guatemala. Álistor dijo: Pero no le dio más que un puño de tierra a la tropa de la División del Norte que se mantuvo leal a Pancho Villa. Ni a los chamacos de la Liga 23 de Septiembre, añadió Brumell, que podía reconocer que los guerrilleros a los que había masacrado el gobierno el año anterior no eran más peligrosos que los dos jovencitos que tenía enfrente. Por no hablar de los indios, dijo Perico con un resentimiento que los cimbró a todos: quinientos años tragando mierda. Huerta era indio huichol, dijo pensativo Cisniegas. Y lo corrieron a balazos de Palacio, mi general. Era un traidor a la democracia. ¿Y usted no?

Cuando llegaron al irremediable retén del estado de México el segundo Cadillac ya estaba clavado como una cuña hasta adelante de la fila; el generalito de división alegando con unos policías vestidos de civil que no parecían ni mínimamente amedrentados por sus galonaduras de pastelería. Píteles, Perico, dijo Cisniegas sin ánimo de suspender la conversación, que le parecía genuinamente interesante. A quién le voy a pitar, si son los nuestros, replicó el chofer. ¿A poco le estoy preguntando? El conductor se clavó en el claxon. El que parecía el comandante de los cerdos apenas les dedicó una mirada más bien profesional y siguió negando con la cabeza sobre lo que fuera que estuviera diciéndole el yerno del general. El viejo se talló la cara: Cómo joden, dijo hacia los Justicia, que dividían su mirada entre él y los elementos de la Federal de Seguridad que esta vez parecían tener órdenes de no ceder.

Voy a ver qué pasa, dijo, y les cuento. Abrió su puerta destilando impaciencia y jiribilla. Antes de salir le pidió a doña Juana: ¿Me presta una de sus pistolitas? Usted trae la mía en la bolsa del saco, le respondió la señora, las demás las trae su chamaco. El militar se palpó el arma con la mano derecha y soltó un bufido que podía tener que ver con el fastidio o con la resignación. Y mirando teatralmente hacia todos sus compañeros de viaje: Muchachos –el sustantivo incluía a Longinos y la mujer–, ustedes no se bajen si no ven bala y si se bajan que sea para correr: asegúrense de llegar tiesos a la capital; y usted, Perico, no apague el coche.

Se desarrugó el traje que seguía impecable mientras avanzaba con pasos de tigre malhumorado hacia los dos federales que conferenciaban con su yerno. Ellos no se amedrentaron. Les gritó y les manoteó lo suficiente para que otro policía se les acercara y hasta acariciara la cacha de la pistola que llevaba prensada entre la barriga y el cinturón.

186

Entonces Cisniegas enloqueció y encaró al recién llegado con una violencia que seguramente nadie se había atrevido a propinarle en toda su vida; mucho menos un viejo de metro y medio de estatura. Después de gritarle, le arrancó la pistola de la barriga, la tiró al suelo, la escupió y la emprendió a cachetadas contra él, que ante la sorprendente embestida se protegió como pudo sin que intervinieran sus superiores. Cuando, repuesto del susto, el policía alzó la cara tal vez pensando en defenderse, Cisniegas le dio un cabezazo en la nariz. El policía cayó al suelo con sus ciento veinte kilos de grasa y ahí el general lo pateó hasta que se hartó. Luego recogió la pistola y le dio un par de cachazos en el cráneo. Tiró la pistola ensangrentada a la maleza y se agarró los testículos —todo sin que el traje se le arrugara. El policía se levantó bañado de sangre a recoger su arma y desapareció del cuadro. Cuando menos no le meó la herida, fue la primera intervención de Perico. ¿Suele hacer eso?, le preguntó Brumell, impactado. Desde que lo operaron de la próstata le va mejor a sus enemigos, dijo el chofer.

De no ser por la descripción que Perico comenzó a hacer en beneficio de sus compañeros de viaje a partir de entonces, los tripulantes del Cadillac no habrían podido saber qué era lo que sucedía en el exterior. Brumell, como separado ya de su cuerpo por la reiteración de las tensiones en las que habían sido por mucho las horas más estrafalarias de sus últimos veinte años, fue capaz de retirarse un tanto de sí mismo y pensar que lo que veía era una película muda de las que lo habían vuelto loco en la infancia: los actores secundarios representando sus papeles con acartonamiento grotesco; el principal —que siempre era el Arcángel— sobreactuando con genialidad, y Perico, el chofer, como el pianista encargado de leer los parlamentos que aparecían en la pantalla.

El viejo se estiró el saco y avanzó engallado hacia el comandante, que dio unos pasos atrás haciendo ademanes que pedían que se controlara. Está faroleando, dijo Perico, si ellos aguantan nos chingan, si les gana el miedo, la libramos. El yerno del general también trataba de persuadirlo, genuinamente consternado. Uno de los agentes se llevó la mano hacia la pistola, pero rectificó de inmediato. Ya ganamos, pronosticó Perico; ahora van a tener que negociar aunque sus órdenes hayan sido que no lo hicieran.

El viejo se plantó delante del que parecía ser el policía de más rango y se fajó unos pantalones que no se le habían caído ni un milímetro. Volvió a escupir. Tal vez incluso haya sonreído. Los policías bajaron las manos que tenían alzadas en guardia. Parlamentaron. Ahora los está envolviendo, dijo Perico; estos polis están tan acostumbrados a sacarle la sopa a madrazos a todo el mundo que no se conocen las técnicas más elementales de la persuasión. Eso, persuasión, murmuró Brumell para beneficio de doña Juana, que miraba aquel espectáculo anonadada.

Después de unos minutos de conversación, Cisniegas palmeó el antebrazo del que parecía el jefe de los agentes. Dejó la mano ahí y se le acercó al oído; lo alejó un poco de su subalterno y ambos se encaminaron hasta una de sus patrullas sin marcas. Se recargaron sobre la salpicadera sin dejar de hablar. Le está preguntando qué es lo que quiere, dijo Perico. Después de un rato, Cisniegas hizo un gesto de desesperación y desatendió a su interlocutor —le dejó una mano entre cálida y desasosegante sobre el antebrazo— y le gritó algo al yerno, que se dirigió al primer Cadillac. Están muy interesados en detenerlos, dijo Perico mirando a los gemelos, porque el cerdo no aceptó nada, y vaya que el viejo puede ofrecer.

Del Cadillac salió un hombre de unos cincuenta años

–canas perfectamente recortadas–, notablemente elegante en un traje gris oscuro de franela inglesa. Ahora mi jefe va a intentar la vía civil, dijo Perico, es el abogado.

El hombre se dirigió con paso de príncipe al agente que Cisniegas tenía todavía prendido por el brazo. El otro no dejaba de negar con la cabeza, pero con una deferencia y cierta gracia que revelaba que se estaba sintiendo respetado en su investidura. Antes traíamos a unos muchachos de Sinaloa para estas eventualidades, anotó Perico, pero desde que los hijos del señor se volvieron ministros, ya no se pueden hacer los escándalos de antes.

El abogado interpelaba al agente y éste se alzaba de hombros. El viejo, entonces, negaba con la cabeza y le hacía preguntas seguramente técnicas al leguleyo y el policía. Fingía escuchar –y hasta entender las respuestas– y volvía a negar con la cabeza, más triste que frustrado.

Ante tanta negativa, el abogado hizo otra señal hacia el Cadillac y salieron de él una mujer blanca y alta, vestida con traje sastre, que llevaba bajo un brazo una mesa y un banco portátiles y bajo el otro una maquinita Olivetti de escribir. Detrás de ella salió un cuervo ojeroso y amarillo, vestido con un traje verde oscuro tan lamparoneado como su corbata mal anudada y de grosor inadecuado para la moda de ese año. Es la secre del abogado, dijo Perico, y un juez que siempre traemos para que nos conceda amparos en caso de necesidad.

La secretaria instaló su mesita lenta y displicentemente en la nariz del jefe de los policías. Luego sacó de su bolsa una libreta de taquigrafía y se acercó al Cadillac de los guerrilleros para preguntarles sus nombres y direcciones. Cuando Brumell bajó el vidrio ante los toquiditos modestísimos de la secretaria, escuchó que Cisniegas les gritaba: Denle puros nombres y direcciones falsas. El policía hizo un gesto

189

de exasperación y Brumell, que conocía de procesos, pudo leer perfectamente en los labios del abogado las palabras: Se identificaron apropiadamente ante un juez federal, aquí presente. El policía agregó algo. Ahora fue el juez el que negó con la cabeza. Proceda, Denisse, que ya tengo hambre, gritó Cisniegas.

Dieron nombres tan falsos que todos eran el mismo, incluido el de doña Juana. Perfecto, les dijo la secretaria antes de regresarse a su escritorio a redactar el acta. Cuando estuvo terminada, el juez federal la firmó, desprendió la copia al carbón y le tendió el original a los policías.

El jefe de los federales se guardó el documento con franco desánimo en la bolsa interior del saco. Se subió a su propio coche y le dio la orden a sus subalternos de que despejaran el camino. Ya ve, le dijo Perico a Brumell, el gobernador de Michoacán sí tuvo palabra; ya nadie nos va a molestar hasta la capital y ahí por Dios que ya no los encuentra nadie.

Longinos se volvió hacia doña Juana. ¿Y en dónde planeamos seguir adelante con el secuestro?, le preguntó. En el pueblo de Los Reyes, dijo la señora. ¿Por Texcoco?, preguntó el chofer. No, Los Reyes Coyoacán; ahí estaba la casa de seguridad de la facción de mi marido y no creo que se haya ido a ningún lado. Ladon finalmente pudo quitarse la cara de asombro que le había dejado la manera de administrar problemas con la policía del general Cisniegas. Se talló los ojos y dijo: Viva la pinche Revolución Mexicana.

Entraron a la ciudad por los bosques serenísimos de Milpa Alta. Ni el misterio de las huertas michoacanas, que cosecharían tal vez unos purépechas que sólo volvieran al mundo escandaloso de los vivos con sus ojos de fuego, ni la oscuridad hostil de los bosques tan cerrados del estado de México, sino la claridad meridional; la verticalidad de los pinos que vigilan la majestad mineral del volcán; la luz triturada por el ramaje en las laderas de las colinas, la transparencia del aire; el equilibrio de los pueblos ocupando cada valle desde el primer segundo del tiempo; la puesta en juego de los verdes del prado con el dorado de los maizales; los cerros labrados por el viento y las aguas que todo lo integran y todo lo civilizan. Estamos por entrar, dijo Brumell en un rapto no exento de ceremonia, a la cuenca que ha acorazonado por seis siglos a todas las tribus y a todas las ha transformado bajo ese nombre hospitalario e indefinido de mexicanos. ¿Conocen México?, le preguntó el Arcángel a los Justicia, y al preguntarlo se refería a una división imperial y antigua del territorio en la que está clarísimo qué valle manda y qué naciones obedecen. No, respondieron con el desdén afectado del que se sabe de una ciudad grande aunque haya otra mayor. El general Cisniegas miró hacia doña Juana: Muy mal, señora. Ella aceptó el castigo con la gratitud que la adornaba desde que optó por sobrevivir con sus hijos en la gasolinera de Zacapu. No tengo ni dónde caerme muerta desde que enviudé; con lo que me costaba mandar a la universidad a este par de labregones. ¿Y usted ha estado en México?, le preguntó directamente Brumell. Le encantaba al papá de estos muchachos; veníamos cada que podíamos hasta que se lo llevó Guatemala. Ha crecido un resto, dijo el Arcángel, que se había quedado un tanto melancólico desde que sometió a los federales. Agárrense, muchachos, dijo Longinos cuando vio venir la curva de la sierra tras la que se abría el valle y la ciudad: Babilonia en heroína. Aunque el espectáculo de la urbanización que va a terminar por absorber a todo el país con todo y cerros es más escandaloso de noche, el día era lo suficientemente transparente para que los Justicia sintieran el calor del monstruo. El filing que transmite, dijo, es el mismo que

191

deja la crónica de Bernal Díaz del Castillo, nomás que sin lago. ¿Los conquistadores la vieron desde aquí?, preguntó Álistor. No, dijo Brumell, pero el espanto es el mismo. Apriétele, Perico, dijo el Arcángel. El chofer descendió como en avioneta por las sinuosidades de un camino en cuarenta y cinco grados curvadísimos que ameritaban más respeto.

Entraron por Tlalpan. Antes de clavarse en la ciudad, el chofer abrió la ventanilla e hizo una señal al segundo Cadillac para que los rebasara: no convenía que nadie cuya lealtad no estuviera grabada en diamante supiera cuál iba a ser la casa de seguridad en la que continuara la comedia del secuestro.

El otro carro los rebasó a una velocidad que exhibía todavía más prepotencia que la que se le chorreaba al que los iba llevando. Cisniegas le dijo a Brumell: ¿Con esto queda saldada nuestra deuda? Ahora yo le debo, dijo el abogado. Nomás no se le olvide; ¿y adónde vamos, señora?, preguntó el viejo. Doña Juana describió de manera bastante abstracta y poco convincente la forma de llegar al barrio de Los Reyes y la calle en la que estaría la supuesta casa de seguridad. Perico se dirigió a Coyoacán con un aplomo que implicaba que sabía hablar marciano y, para sorpresa de todos, llegaron con claridad y presteza a través de la Universidad.

La despedida fue, para decirlo con cortesía, sintética. Perico se detuvo delante de la puerta de la casa sin haber pedido instrucciones de la señora y Cisniegas dijo: Nos vemos, muchachos, ajustándose las solapas. Gracias, mi general, dijo Brumell. Se la debía, amigo, se la debía. Se bajaron. Brumell fue el último en descender a tierra. Se metía en la bolsa de la camisa un rollo de dinero que le había dejado el viejo para que se regresara a su casa en avión o tuviera con qué comer en caso de que decidiera quedarse con los demás, cuando el Cadillac arrancó con un rugido.

DEJÉ DE IR a las fiestas de Jaramillo. A partir de que me acosté con su mujer, ya no hubiera soportado la manera babosa en que le embarraba la mano por el vientre cuando se acercaba a la cabecera de la que nunca se movía en su calidad de patrón de todos los vicios. Que por entonces fuéramos más libres de lo que habíamos sido e íbamos a ser nunca, no significaba que no tuviéramos corazón. También dejé de arreglar nuestros negocios en el despacho en que recibía de día en la casa de Tacubaya. Uno de sus contadores pasaba cada tanto por mi oficina y revisábamos juntos las cuentas; yo le entregaba los números de la venta de tequila con piloncillo y él sacaba de un maletín de piel que siempre llevaba consigo mi parte en paquetes de efectivo que iban directo a mi caja fuerte. El dinero nunca se terminaba. Seguí frecuentando a los amigos en Los Heloínes, pero sólo cuando estaba seguro de que no iba a encontrarme a la Flaca. Que fuéramos más libres que nunca, tampoco significaba que no temiéramos a ciertas convenciones: mientras fui visto como el testaferro del teniente coronel podíamos dejarnos ver sin peligro en lugares públicos, pero una vez que nos hicimos amantes, algún leal de Jaramillo se podría haber sentido en la necesidad de asesinarme.

La Flaca y yo nos encontrábamos de día y en mi departamento, siempre más o menos a la misma hora en que se pudo escapar a nuestro primer café –que era cuando el teniente coronel se encerraba a estudiar las cuentas en su despacho con su secretario del mes. Era una mujer metódica y casada con un hombre mayor, así que teníamos una rutina fija. Los días en que me podía ver, que eran casi siempre los martes y los jueves, me llamaba temprano por teléfono y me decía en el tono de niña boba con que se hablan entre sí las capitalinas de clase alta que nos tomáramos un café al mediodía. Yo la esperaba vestido con mi mejor ropa y temblando: toda la mañana con la boca seca y los brazos dormidos de pura expectación.

Llegaba en taxi, justo a la hora en que me había dicho, cubierta con una mascada y lentes oscuros. Cruzaba el zaguán y se metía al despacho como un ratón que cruza del fondo del refrigerador al de la estufa. Yo tenía siempre el comedimiento de pedirle a la secretaria que dejara todo entreabierto cuando la mandaba a su casa a poco de que apareciera. Una vez adentro, la Flaca cerraba la puerta del despacho tras de sí, se recargaba en ella y se quitaba la mascada y los lentes de un tirón, todavía nerviosa. El aire se cargaba con su adrenalina dulce de pantera de palacio mientras se tronaba los dedos dando pequeñas vueltas por la habitación. Yo me acercaba a saludarla con prudencia y reventando de ansiedad por olerla. Me tocaba la cara. Apenas me acercaba, todavía inseguro, a sentir el lóbulo de su oreja con la punta de la nariz, ella bajaba la mano izquierda y se prendía de mi sexo. Le apretaba las nalgas, tronaban los seguros: en un instante ya estaba entreteniendo su nariz en la pelambre de mis testículos, la lengua en el falo.

Yo no resistía mucho: la llevaba en vilo hasta donde pudiera cruzarla, la primera vez con la ropa toda corrida por el cuerpo.

A veces teníamos una hora, a veces dos; si el teniente coronel por milagro andaba trabajando, se quedaba a comer y nunca he disfrutado nada como el momento en que, ya con el sol limpiando no nuestros pecados, sino nuestros desaciertos, la criada entraba empujando la mesa de ruedas con el mantel largo. Nunca podíamos dormir juntos porque su marido simplemente no viajaba solo.

Yo tenía un despacho con flema y garbo y un negocio boyante de tequila azucarado, una familia bien peinada con la que me podía presentar orgullosamente en los saraos de la casa del gobernador de Jalisco, y la mujer más bella del mundo para demorarme en sus muslos mientras estaba en la capital. Ni Isabel ni Jaramillo parecían estar preocupados por que la Flaca y yo estuviéramos tomándonos una vacaciones de saliva. La vida no podría haber estado mejor distribuida. Si la hubiéramos dejado como estaba tal vez habríamos sacrificado lo que los dioses nos dieron de agudeza en aras de pasarla estupendamente bajo esa forma de la estupidez que idiosincráticamente llamamos felicidad, pero a la Flaca y a mí toda esa maravilla nos parecía insuficiente: nos habíamos enamorado y no era posible que no pudiéramos despertarnos juntos.

Si ambos hubiéramos estado sin compromisos previos, a lo mejor nos habríamos despertado juntos después de dos o tres arrimones y nos habría gustado; nos habríamos quedado juntos para siempre y habríamos sido felices. O el coctel de nuestras manías nos habría disgustado. Pero no era el caso: no sólo estábamos casados cada uno con un infeliz anterior, no podíamos escaparnos porque yo ya tenía para entonces dos o tres hijos a los que no podía dejar descobijados y el grueso de mis ingresos venía precisamente del negocio que tenía con el marido de la mujer cuyas piernas quería abrir al amanecer por la espalda sin permiso; eso sin contar que los mejores clientes de mi despacho, si no es que todos, habían salido del mundo y la mesa del hombre de esa misma mujer.

Estuvimos así, en ese estado de perfección angélica que confundíamos con la insatisfacción, hasta que Reina Osorio se casó por cuarta vez, en esa ocasión con un ganadero que ya ni nos enteramos de cómo se llamaría. La boda se celebró en Guaymas y Reina nos invitó, coquetamente, a cada uno por su lado. El teniente coronel no quiso hacer el viaje a Sonora, pero le dijo a su mujer, contra pronóstico, que llevara el regalo. La Flaca dijo que se tenía que ir antes para ayudar a su hermana con los preparativos de modo que no nos encontráramos con otros invitados en el tren.

Compramos boletos de cabina en el pullman de Hermosillo, que salía por entonces a las diez de la noche. El primer amanecer nos encontró trenzados antes de llegar a Aguascalientes, pensando que nos quedaban cuando menos dos noches crucificados en esa litera y otras cinco en el por entonces flamante Hotel Playa de Cortés antes de emprender el regreso en trenes separados. ¿Quién hubiera podido pensar que el cielo es de acero y se sacude?, ¿quién que Guaymas –el mero sobaco de la patria– Edén? El tren, el hotel y la boda fueron la corta fantasía que nos urgió a terminar de condenarnos.

La noche de la boda, que se celebró en uno de los patios que rodeaban la alberca principal del Playa de Cortés, la Flaca y yo nos escapamos temprano. Habíamos empezado a beber desde el mediodía en la barra del bar, que probablemente sea la mejor de México y sin duda es la última: lo que sigue hacia el norte es el desierto y California, más desierto. Caminamos, borrachos, por las terrazas interminables del hotel, que en realidad no daban a ningún lado, ni siquiera al mar porque antes de que las fantasías libertarias hollywoodenses lo convirtieran en un emisario de todos los bienestares, era considerado un caldo pestilente para observar a mucha distancia. Encontramos una escalinata que conducía a lo que en Guaymas ha de ser considerado una playa y que en realidad es un rinconcito inhóspito lleno de piedras –las más amables del tamaño de una canica. No es que el lugar fuera descomunalmente bello, pero al encontrarse tres o cuatro metros por debajo de la superficie general del hotel estaba aislado de sus ruidos y luces. Nos tiramos cuidadosamente sobre las piedras y vimos el mantel de estrellas que sólo se puede ver en los tramos del mundo en que la humedad del aire es un milagro muy ocasional. Vámonos, le dije, mientras le apretaba una rodilla: yo ya no puedo volver a mi casa. La Flaca se quedó callada durante un espacio de tiempo tan largo que me hizo pensar que ahí se había acabado todo para siempre –cosa que, en última instancia, sucedió–, luego me dijo: Eres tú el que no se anima, Longinos; yo contigo viviría en un cuarto de azotea. Regresamos convencidos de que nos teníamos que escapar, pero sin encontrar un plan que nos lo permitiera sin repartir daños innecesarios en las víctimas inocentes que eran Félix y la vikinga o dos que por entonces ya retacaban pañales en La Paloma de Guadalajara.

Los amores que hasta entonces nos habían salido tan bien empezaron a despuntar de puro arrobo por la desesperación que implicaba no poder encontrar una salida. Cómo fatigué sus empeines por esos días, menesteroso como vivía de su aliento tan concentrado al amanecer, cómo su mancha de Bering que había sido lo primero que vi durante once mañanas que fui descontando como ha de descontar los días el que sabe que en tal fecha lo fusilan, cómo sus malezas.

Todos nuestros planes, irrealizables por definición, terminaban o en Los Ángeles o en Autlán. No es que ninguno de los dos quisiéramos salir del capullo dorado que era por entonces la ciudad de México, pero esos dos escenarios eran los únicos que parecían ofrecernos la oportunidad de empezar con alguna fortuna. En el segundo yo tenía buenas relaciones gracias a los negocios con cañeros, en el primero Reina nos podía prestar un departamento que se había comprado con las ganancias de las películas que ya filmaba del otro lado de la frontera. En ninguno de los dos sitios había nada seguro.

Fue entonces cuando el Arcángel volvió a aparecer en mi vida, como la bendición negra que siempre fue para mí y tal vez haya sido para toda la patria. Entró una noche en Los Heloínes, rodeado de un séquito de putas y pistoleros, y yo sentí su presencia como un golpe en el estómago aunque el político de pelo bien cortado, traje claro impecable, anillos de oro y cigarro puro en la comisura de la boca ya no se parecía casi nada al ranchero siniestro que había comprado por la fuerza El Limoncito quince años antes.

Yo estaba de pie en la barra, con el Che Bohr y Raphael Sevilla, esperando como siempre a que Agustín Lara se terminara de animar a tocar el piano cuando lo vi acomodarse en el local, muerto de risa y jalando sillas comedidamente para el grupo de damas a las que lo único que les habían jalado hasta entonces eran los calzones, y sin gentileza.

Me pasé un trago muy largo de escocés y dije desde una sorpresa más bien incómoda: Ése es Antón Cisniegas. ¿Quién?, me preguntó Bohr —siempre más atento que Sevilla. El que llenó de oro la mesa del rancho de mi padre, le expliqué. Mirá, dijo, tenemos que hacer ya la película sobre eso. Se levantó a hablar con él como si hubiera tenido con qué comprarle los derechos de su vida. Estaba, como siempre después de las seis de la tarde, completamente borracho.

Sevilla, que hasta entonces había tenido la mirada perdida en el espejo de la cantina, me preguntó: ¿Está yendo a hablar con el Arcángel? Tenía los ojos muy abiertos. ¿Quién? El Arcángel Cisniegas. ¿Así le dicen? Nadie quiere que se le aparezca. Lo conocí de niño, le dije. Arqueó las cejas. Nos terminamos nuestro trago rápido, más que dispuestos a dejar a Agustín para otro día. Sevilla no sólo pidió la cuenta con prisa, la pagó —nunca sucedía. Deja la propina y vámonos al Dreamland, me dijo apresurado. Nos poníamos los sacos cuando vimos venir al Che Bohr con el Arcángel del brazo. Quiero que conozcan a un amigo, nos dijo. La voz de Sevilla temblaba cuando le ofreció un trago. Nos quitamos el saco.

Cisniegas se acomodó entre los tres con naturalidad, aflojando las hombreras de su traje con un movimiento como de boxeador que me puso muy nervioso. Yo ya tengo el honor, le dije, extendiéndole la mano, pero seguro no se acuerda de mí. Me tomó la mano y no la soltó. Eso me dice aquí el amiguito de la Argentina y sí me acuerdo; ¿usted es el chamaco que leyó el contrato en Autlán? Ese mero, le dije. Me apretó de una manera firme y exacta, mirándome desde unos ojos que habían dejado de ser hostiles pero seguían siendo ilegibles. Salió mejor de lo que me hubiera esperado, afirmó. Me acercó la cara hasta que pude oler el ron de su aliento, me miró hasta el hipotálamo y siguió: No tenía por qué no, su padre es hombre de honor. Era, le dije, ya nos dejó. ¿El chupe? Afirmé. Una pena, ¿cómo ve a Garmella de político? Me alcé de hombros. Ése era el lugar de su padre, pero ustedes eran señoritos embalados. Se carcajeó después de decirlo. Qué tendría usted, ¿diez, doce años?

Trece, mi general, le respondí ya entregado a su nuevo carisma de miembro de la clase gobernante. Me mostró unos dientes tal vez demasiado finos para el resto de su cuerpo y me dio una palmada con la garra izquierda en la nuca. Se dirigió a Bohr y Sevilla: A sus trece años este hijo de la chingada mató de un solo tiro en la frente al hombre más sanguinario que he tenido porque no quería que me llevara a su padre a Aguascalientes. Mis amigos trasladaron su aterrada admiración de la figura arcangélica a la mía, siempre tan sin hombros para sostener al mundo. Mirá, dijo el Che. No me atreví a desdecir al general precisando que había sido Juan el que soltó ese plomo. Entonces el Arcángel apretó mi nuca y, mirando a la punta de sus zapatos, dijo en un tono de voz que sólo yo podría haber escuchado: Me debe una Brumell, y no sabe la suerte que eso significa. Soltó los dedos y me sacudió la base del pelo como si fuera un niño. Jaló un banco y se sentó. Lo escuchamos contar historias sólo aterradoras hasta que Agustín se levantó de su mesa de siempre y se animó a aporrear el piano que nadie más se habría atrevido ni a destapar. Hasta entonces se despidió para volver a su mesa.

Antes de perderse en el bar me apretó de la cintura, casi afectuosamente: Lo voy a estar esperando en mi oficina, me dijo, y me subió la mano por la columna como un escalofrío. Sacó una tarjeta de su cartera, la puso entre dos dedos y la metió en el parche de mi saco. Vaya a la Cámara cualquier día de esta semana, me murmuró al oído; soy diputado y creo que andamos en sesiones y eso.

Para romper el huevo de la felicidad que ya nos habíamos ganado pero no podíamos distinguir tal vez por no tener con qué compararla, se necesitó que la Flaca y yo pensáramos que teníamos que estar casados, que Reina se hubiera encontrado con un ganadero sonorense al que le pudiera ser infiel sin daño de su carterita de perlas, que la boda se celebrara en el auténtico culo del universo y que la vía láctea fuera una ciudad de cabeza la noche misma en que casualmente encontramos la playa horrible del hotel de Guaymas; que el Arcángel me convocara a su oficina en el Palacio Legislativo de Donceles; que yo, dispuesto a lo que fuera con tal de abrirme una ventanita en la vida, asistiera a una cita que él mismo ni siquiera recordaba que me había dado cuando lo vi al día siguiente, arrastrando una cruda que me dolía hasta a mí.

El Arcángel se bebía un vaso largo de agua con bicarbonato cuando me hicieron pasar a su oficina. Estaba sentado en un escritorio que definitivamente le quedaba grande, muy apretado en su traje blanco y sudando algo más denso que las sales que sudamos todos los demás.

No dormí nada, me dijo apenas me hizo sentar frente a su escritorio; ¿a qué hora acabamos? No sé, mi general, le dije; yo no iba con usted, nos encontramos en Los Heloínes y me dijo que viniera a verlo. Se talló los ojos. ¿Tú no eres de mi equipo legislativo? No, mi general. ¿Y quieres ser? Estoy a sus órdenes, pero no necesito trabajo. Si hubiera tenido ojos, los habría pelado. Se volvió a tallar la cara y dijo: Ya, tú eres el hijo de Brumell, el del negociazo del tequila con el amigo Jaramillo. Ese mero, anoté sin saber todavía a qué atenerme. Se levantó de su silla, se quitó el saco, se sobó la nunca con tanto dolor que me dio, si fuera posible, compasión. Se volvió a sentar, giró el cuello, abrió mucho la boca y se tensó como un gato a punto de cebarse sobre un pájaro. Y el que le da a la Flaca aquella de La Resolana lo que mi teniente coronel ya no quiere darle porque descubrió que lo que le gusta es destapar refrescos con las asentaderas. Me enderecé en la silla, preguntándome si iba a salir caminando de esa oficina: el honor de un revolucionario de pronto podía ser el de toda la Revolución. Hizo los ojos más chicos mientras escudriñaba cuidadosamente cada gesto que yo pudiera hacer. Pensé que no habría invocado la homosexualidad de su amigo si su intención hubiera sido poner orden en la familia política, pero de todos modos le aguanté la mirada y dije: Con todo respeto, mi general, no acepté su invitación para discutir el honor de la señora Jaramillo. Ladeó la cabeza alzando un poco los hombros, sin delatar su opinión. Se volvió a sobar la nuca. Hoy ando ocupado, dijo, tamborileando los dedos en el escritorio en el que no había ni un solo papel, así que voy a ser directo. No respondí nada. Yo me quedo con la parte de Jaramillo del negocio del tequila y tú con la tuya y la Flaca. Las trompetas de todos los ángeles me abrieron todas las puertas. Tendríamos que platicarlo, le respondí, el teniente coronel es mi amigo, pero tampoco se le puede decir a usted que no. Se acarició los huevos. Tienes razón en lo segundo. No dije nada y chasqueó la boca, demostrando una impaciencia cuyas fronteras evidentemente no convenía cruzar. Pero lo primero no creo que lo pienses mucho mientras se la metes a su esposa. Hice un gesto que quería decir que las cosas eran más complejas que eso. Se adelantó un poco en su silla. Si quieres negociar conmigo, tienes que ser más listo; si no, le tienes que hacer como todos los demás: decir que sí. Esta vez fui yo el que alzó las cejas. Lo que ya te dije va a pasar porque va a pasar y vamos a quedar tablas: yo me gano un dinero y nadie te mata a ti por quedarte con la vieja de un adelantado de la Revolución; lo que tenemos que negociar es cómo me vas a pagar lo que me debes. Hice mis cuentas, pensando que la caja fuerte retacada de efectivo que me dejaban los emisarios del teniente coronel aguantaba cuando menos un año. Todas las ganancias hasta la próxima zafra, dije. Me vio con lo que en su biología de cocodrilo debe haber sido ternura, negó casi imperceptiblemente con la cabeza. Me prestas a la Flaca, me dijo, para llevármela una semanita en que voy a andar de campaña por mi distrito, y queda saldada tu deuda. Me levanté de la silla como resorte. Deme un tiro en este instante, le dije, y se queda con la mujer y el negocio. Le di la espalda rapidito para que siquiera se sintiera un poco cobarde por haberme sacado la vida por los riñones. No dijo nada, cada rechinido de su sillón un pálpito. Ya alcanzaba la puerta del despacho cuando llamó mi atención con un sonido como de serpiente. No me volví. Eres hombre de huevos como tu padre, me dijo, nadie te va a hacer nada por defender lo tuyo, pero todavía me debes. Me volví e hice una inclinación con la cabeza, sin verlo a los ojos. He de haber salido verde de la oficina: sus secretarios me ofrecieron un vaso de agua y trataron de hacerme sentar en un sofá. No se angustie, me dijo uno muy atildado; es normal que la gente salga así después de platicar con mi general.

Desfogué todo el asunto esa misma noche y todavía temblando con Bohr y Sevilla en una cantina de muerte lenta y después de muchos tequilas sin piloncillo. ¿Y de verdad te quieres escapar con ella?, me dijo Sevilla. De verdad. Pues váyanse a Los Ángeles. Eso estamos pensando, al departamento de Reina, no pagaríamos renta. Tú eres nopalito de residencia, no estás para esas angustias, me dijo, pero ya ahí yo te puedo conseguir casitos de mexicanos para la corte local. Tengo tres hijos con vidas de sultanes. ¿No que cuatro? Es lo mismo. El Che se había quedado en silencio, por una vez en la vida. Igual puedes representarme a mí y a mis socios allá, pero por algo me regresé. Cavilé: Sería cosa de conseguir cuatro o cinco clientes, buenos, o empezar con el negocio del tequila de aquel lado —más los casitos de mexicanos que me conectes. El Che alzó un dedo:

Vemos lo de tu supervivencia después, pero antes tengo algo que decir. Miraba concentrado el trastecito con chicharrones enchilados que nos habían dejado sobre la mesa. Lo único que no puedes hacer, añadió, es contárselo a la Flaca. ¿Se ofendería? Si se casó con Jaramillo, es que le gustan los milicos y la plata; seguro que el plan le calienta. No seas cabrón. Nuestras mujeres y los asesinos, nunca hay que juntarlos. Sevilla dio un manotazo al aire: Está delirando, pero igual hazle caso.

En mi siguiente encuentro con la Flaca tuve la flor dormida y me preguntó con demasiada intensidad qué estaba pasando. Sevilla, improvisé, me dijo que me podía conectar con sus socios en Hollywood y lo he estado pensando, me tiene distraído. Sevilla está quebrado, me dijo; no veo cómo puedas representarlo si no es desde adentro de la cárcel del condado; ¿o crees que Reina lo habría dejado si tuviera un petate para caerse muerto? Entiendo que le quitó hasta eso. Encendí un cigarro, sin levantarme a abrir la ventana. Como en los buenos tiempos, Longinos, me dijo; pero siquiera espérate a que estemos casados para dejarme de querer. Miré al techo y por primera vez desde que vi su lengua lamer un cigarro que me iba a fumar, pensé que a lo mejor no la quería tanto. Está bueno, me dijo con un acento resentido y jaliciense que nunca usaba en México. Sabes hasta dónde te quiero, le dije sin dejar de fumar.

Se levantó de la cama. Siéntate, le dije, y le conté la propuesta que me había hecho el Arcángel y la recomendación del Che Bohr. Tiene lo suyo Cisniegas, me dijo con media sonrisa, más burlona que inquietante, pero prefiero a los hombres cuya cabeza me alcanza cuando menos los hombres. Me reí. La jalé de vuelta a la cama y la estuve atravesando como a un San Sebastián de leche hasta que se tuvo que ir.

No es que haya dudado de ella, ni que le haya dado

vueltas de más a lo que había dicho Bohr, pero esa misma noche, mientras empacaba para volverme a Guadalajara, le llamé a Isabel y le dije que me había salido un asunto muy jugoso, que me tenía que quedar otra semana en México. Me conmovió la firmeza con que me creyó, una muestra de dócil lealtad que hasta entonces siempre había encontrado odiosa en ella. Félix, como hacía siempre que llamaba cuando estaba fuera de La Paloma, le pidió el teléfono para hablar conmigo. Como siempre, me dijo cosas que no entendí.

No celé a la Flaca, pero le hice saber que no me había vuelto a Guadalajara. La alegría con que me llamó el jueves siguiente fue, estoy seguro, genuina. Incluso llegó a mi despacho una hora antes de lo acostumbrado.

Tocó el timbre exterior y fue mi secretaria, y no yo, quien le dio la bienvenida. La pasó al despacho, donde yo todavía estaba en mangas de camisa, ella no llevaba ni la mascada ni los lentes. ¿Y ahora?, le pregunté. No vas a creer quién fue a la cena de anoche en mi casa. Cerré la carpeta que atendía y alcé las cejas. ¿La Conesa? No. ¿Belmonte? No. Dame una pista. Cisniegas. Sentí una oleada de calor saliéndome del cóccix y trepándome por la columna hasta la nuca y las orejas; se me durmieron las manos. Me repuse como pude. Está interesado de verdad, le dije; me temblaba claramente la voz. Desde que el teniente coronel empezó a tener secretarios guapos, respondió ella ahogando una risa y sin acusar recibo de mi enojo, no se había apersonado en la casa. Un pulso de hierro fundido me hervía en la coronilla. ¿Y? De veras ha de estar interesado en el negocio del tequila, me dijo mientras sacaba de su bolsa la cajita de tabaco. ¿Te fuiste con él después de cenar? Peló los ojos. Cómo crees, no seguía la fiesta antes de que tú fueras a las cenas y no la sigo desde que dejaste de ir; salía nada más porque tú ibas. ¿Se te lanzó? ¿Enfrente de mi marido? Me levanté del escritorio y me pasé al departamento sin despedirme. Atranqué.

Me llamó y golpeó la puerta hasta donde las maneras del periodo se lo permitían y todavía invocó la ayuda de la secretaria, que hizo su esfuerzo por el lado de la entrada principal. Cuando salí con mi maleta rumbo a la estación del tren ya se habían ido las dos.

Al lunes siguiente llegué a mi despacho del centro de Guadalajara aplastado por cuatro noches de rabia sin haber pegado los ojos. Isabel no me había hecho ni una pregunta pero me imagino que sospechaba que al fin estaba empezando a ganar una guerra cuyas reglas ignoraba por completo. Había sido muy amable, incluso dulce si lo pudiera ser; me trataba como a un enfermo. Ya en la oficina, la secretaria me dijo que la esposa del teniente coronel Jaramillo me había hablado quién sabía cuántas veces el viernes y que ya llevaba tres llamadas ese día. Le tomé la siguiente, todavía con el saco puesto y el portafolios cerrado sobre el sillón.

¿Dónde estás?, le pregunté. Cómo que dónde estoy, en mi casa. A pesar de que lo único que quería era poner mi adoración en su mesa para siempre, me arrastró el huracán de la rabia: le hice una lista larga y cruel de sus defectos. No respondió nada. Su silencio resignado, el sonido rugoso de sus suspiros, me parecieron gestos con que concedía a las verdades que había enunciado y que en realidad eran todas imaginarias. Me seguí de frente ya en el bólido del resentimiento contra todas las mujeres que nos han dicho no a lo que sea: lo menos de que la acusé —todo gratuito— fue de deslealtad, le juré que de no haber estado tan calado me habría matado después de matarla a mordidas y mientras se lo decía me lo estaba creyendo. Ella nomás lloraba del otro

206

lado de la línea y tengo que decir que aunque el drama que le hice me sigue calentando las sienes de vergüenza, lo volvería a hacer íntegro si volviera a estar en el lugar en el que estaba. Ella no se defendió; ni siquiera acusó recibo de la violencia que le había estado guardando por cuatro días. Vámonos, me dijo cuando sintió que había terminado de vaciar mi cargamento de infamia, vámonos a donde sea como sea en este instante; si es necesario pido limosna. Me reconcilié tan violentamente como me había enfurecido con ella y esa misma noche tomé el pullman de vuelta a México para poder estar el martes al mediodía en mi departamento de la calle de Puebla. Isabel no se opuso.

Tomé el tren tanto por la adicción que me generaban sus humores como para cerciorarme de que era sólo mía: al mediodía de mi llegada recorrí su cuerpo más intensamente que nunca porque nunca había estado tan desesperado, pero también en busca del olor dormido que le hubiera dejado otra saliva. No encontré nada más en ella que una desesperación tan rabiosa como la mía y una voluntad de cambiar las cosas como los valientes. Vámonos, me insistía. Todavía no podemos. Dale el negocio al Arcángel, proponle otro porcentaje con el que nos dé justito para escaparnos, yo encuentro algo en Los Ángeles. No puedo dejar a los niños desamparados. Véndele tu parte. No, cree que le debo, así que nomás la va a agarrar. Pregúntale, a lo mejor sólo quiere que le abra los mítines. Ni loco.

La relación se volvió destructiva y febril a partir de entonces. Los lunes o miércoles tomaba con violencia desesperada el pullman de la medianoche y si, como pasa tan seguido todavía, se quedaba a medio camino, podía enloquecer de rabia. Regresaba después de pasar unas horas con ella, sin ningunas ganas de interactuar con la capital. Viajaba para encarnarme en ella, como poseso por el dios nahua de la cosecha, que despellejaba a los hombres y se ponía su piel para representar la renovación del mundo. Fueron días de fiebre en los que según la hora me sentía leal o traidor, cobarde o animoso; humilde, altivo; todo en el espasmo de un par de horas. No tengo que explicarlo: quien lo probó lo sabe.

Vi al Arcángel alguna noche en Los Heloínes. Me saludó con serenidad y hombría, casi con admiración, desde una mirada que me tranquilizó porque implicaba un respeto definido como la línea de la muerte, que es la única que no tiembla. En la pequeña conversación de cortesía que sostuvimos, no hizo ninguna referencia a lo que habíamos hablado en su oficina, no iba con la Flaca ni con nadie que yo hubiera podido asociar con ella, nunca nadie me dijo que la hubiera visto con él.

Después de varios meses de orgasmos e insomnios que todo lo tronaban y hacían sangrar, empecé a sentir un alivio profundo cuando, de vuelta en la flamante estación de trenes de Buenavista, acomodaba mi portafolios en la rejilla de la parte alta de mi cámara, el tren bufando para ponerse en movimiento rumbo a Guadalajara. Deseaba a la Flaca más que nunca, pero nada me aliviaba tanto como dejarla lejos mientras me volvía a lo que por entonces sentí por única vez en mi vida como mi casa.

Una tarde en que se había podido quedar a almorzar conmigo, después de hacer el amor con rabia y celo, me anunció que se iba por un par de semanas con el teniente coronel al oeste de Jalisco, que se quería comprar otro rancho en los peladeros de Nayarit para llenarlo de agaves; que ya no aguantaba la ciudad pero tampoco quería regresarse a Guadalajara; que quería dejar de ser traficante de tequila para convertirse en un productor serio. Se está poniendo viejo, me dijo. No importa, le respondí, alzando la vista de la rodilla que le estaba oliendo; cierro la tienda de aquí y abro un despacho en Tepic. Al viaje va el Arcángel, me dijo, quieren comprar juntos. Subí por su muslo y la tuve tan bien que se cayeron al suelo todos los códigos de los libreros del despacho contiguo. Me quedo a dormir, me dijo cuando terminamos, me quedo para siempre. Mi mujer para siempre es Isabel Urbina, le respondí, y no se me escurrió ni una lágrima. Todavía hicimos el amor una vez más antes de que nos venciera el sueño.

A las cinco de la mañana le pedí un taxi para que el amanecer la encontrara en casa de Jaramillo. En la puerta me trató de dar un beso y ya no pude, le apreté la mano. Cerré la reja. ¿Ya es irremediable?, me preguntó descompuesta. Aquí es donde te vas, le dije, a la chingada.

El despacho todavía resistió porque a fines de ese mismo año el general Cisniegas tuvo el comedimiento de pagarme con generosidad de dueño de toda una patria mi parte de la sociedad con Jaramillo. Ni acepté su invitación a su oficina del Congreso ni lo invité a la mía. Hablamos por teléfono dos o tres veces, cordialmente y con secretarias de por medio. Uno de sus empleados me llevó un cheque con el dinero que él consideró que me debía —y que, otra vez, era mucho que el negocio que se había quedado.

Esa misma noche me volvió a llamar, sin despachos ni intermediarios: de su casa a la mía. ¿Considera saldada la deuda?, me preguntó. Hubiera bastado con la mitad del dinero, le respondí con la honestidad que era lo único que admitía una presencia como la suya, aunque fuera sólo por teléfono. ¿Por qué no aceptó la vida que le ofrecía, Longinos? Por pendejo, general. Yo no me iba a acostar con la Flaca, soy hombre de ley con los que tienen ley conmigo, la quería para presumirla en los estrados de pueblo: una güerota de La Resolana, hermana de una auténtica actriz de cine, el milagro de la Revolución. Ya es tarde, mi general. No me diga eso, el que va a quedar endeudado soy yo. Cuando lo necesite de verdad, lo busco y le cobro.

Con el tiempo nos hicimos amigos y hasta compadres, lo que no recuerdo es si él me bautizó una chamaca o yo a alguno suyo. Cuando se terminó el dinero de la venta del negocio de tequila, el padre de Isabel empezó a ayudar con la economía faraónica de La Paloma y yo a pasar cada vez más tiempo en Guadalajara.

DOÑA JUANA HURGÓ en su bolsa del tejido y sacó un juego de llaves para la puerta azul de hierro de la casa. ¿No le devolvieron las pistolas, jefecita?, preguntó Ladon. Algo se habían de ratear, dijo la madre, concentrada en adivinar cuál sería la llave que abriría una puerta que había estado cerrada por lustros.

La casa era una construcción sin gracia ni estilo –un poco mejor que la del barrio de San Andrés en Guadalajara, pensó Brumell, dado que cuando menos estaba terminada. Será porque es la oficina, se dijo. Tenía dos pisos y un frente más bien muy estrecho. Las paredes exteriores habían sido rosadas. La puerta se encontraba al lado izquierdo de la base de la construcción y al lado derecho había una ventana amplia –tapiada con cartones– que debía alumbrar una estancia. Estaba protegida por una reja coquetamente festonada por flores horrendas de metal. Arriba había dos ventanas enrejadas ya sin gracia. El dintel de la azotea hacía suponer que tenía terraza.

Doña Juana se tardó lo suyo en abrir el portón, de modo que el viejo tuvo tiempo de notar que se encontraban en un callejón empedrado con un solo carril para los dos sentidos por el que circularían los carcachones propios de un barrio entre tradicional y deprimido. Las propiedades de alrededor eran grandes, pero de ingresos bajos: las bardas eran chaparras y estaban cacarizas; les crecían matas en los rincones; las casitas construidas dentro de los terrenos eran de ladrillo de concreto y nadie se había dado el trabajo –o el gasto– de pintarlas; en los patios se adivinaba la presencia de gallineros y hasta el olor ácido de algún cochino. La proliferación de plantas sembradas en todos los contenedores imaginables excepto macetas hablaba de una relación de los pobladores con el campo más bien angustiosamente reciente. El viejo se habría escandalizado de no ser porque el viaje con el Arcángel lo había situado a ratos en la estancia paradisiaca que supusieron sus años de infancia en el rancho y, por tanto, traía una vena bucólica. Según recordaba del tiempo en que vivió con más intensidad la ciudad de México, Coyoacán estaba dividido en varios pueblos, sólo uno o dos de los cuales estaban bien conectados con la ciudad. Por lo que vio de ese pueblo de Los Reyes en el que estaban y del que nunca había escuchado hablar ni una palabra, era el más remoto.

Finalmente la puerta de la casa de seguridad cedió a un empujón conjunto de ambos hermanos Justicia. Adentro el panorama perdía en sustancia pintoresca y ganaba en franca depresión: una mesa de palo, una cocina con menos de lo elemental: un par de ollas, platos de barro plomizo, cucharas de peltre, un boscaje de humedades trepando por las paredes. Mao me asista, dijo doña Juana; por suerte no tenemos nada más que hacer que ponernos a limpiar. ¿Podríamos descansar horizontalmente un poquito aunque sea entre el polvo?, preguntó Brumell. La señora le señaló las escaleras con un gesto. Habrá camas suficientes, dijo, la célula de mi marido que en paz descanse llegó a tener más

212

combatientes que la nuestra. Ése es el espíritu, dijo Brumell.

En la parte alta había tres habitaciones con un par de catres cada una. El viejo conservó la sensatez de tirarse antes de pasar al baño: pese a su calidad de capitalista, podía cederle a alguien más el encargo de liquidar la fiesta de cucarachas que deberían representar aquellas tuberías quebradas. Eligió, humildemente, la habitación del fondo. Las paredes estaban descascaradas y en lugar de clósets había clavos en las paredes. Del techo pendía un cable para un foco que no encendía. Notó que en un rincón había un lío de sogas y un par de rollos de cinta canela. Es la habitación de los secuestrados, pensó con más resignación que ironía. Antes de tirarse en uno de los catres y caer a dormir como no lo había hecho en décadas arrancó los cartones de la ventana y supo que hasta los tramos más hostiles del infierno tienen un sitio en el que se puede estar bien. La propiedad, aunque hacia atrás seguía siendo tremendamente estrecha, contaba con un largo jardín que a pesar de su descuido prometía responder con facilidad a los cuidados que sobraría tiempo para prodigarle. Al final había una casita minúscula con una terraza y un patio con pozo. Ahí me puedo sentar a leer, se dijo, y se derrumbó sobre uno de los catres. Mientras se hundía en las luces del sueño escuchó que tronaba el cielo y olió que abajo repartían el aroma liberador del insecticida.

Se despertó varias horas después. Vegetó un buen rato, como si el catre lo hubiera ameritado. Pasó al baño, que encontró satisfactoriamente limpio aunque todavía castigado por el olor a encierro. Se fumó un cigarro de pura gloria sentado en el escusado. Bajó a la cocina y los encontró a todos sentados a la mesa de palo, tal vez esperándolo. Estaban por discutir las nuevas reglas de convivencia –u operación, como las llamaba Ladon con la pompa propia del que perdió un órgano afectivo y lo sustituyó con el tumor de una ideología bien cumplida.

Doña Juana había dispuesto una primera ronda de botana que habría improvisado con lo que encontró en una tienda de abarrotes –papitas, cacahuates– y cuatro vasos de agua de jamaica francamente tristes que había hecho a partir de una bolsa de hierba sequísima abandonada en la casa de seguridad en tiempos más gananciosos para la lucha social. Tanto ella como Longinos, tal vez por cansancio, decidieron plegarse durante los primeros minutos a las normas de niño explorador con alma criminal que Ladon consideraba indispensables para no dejar de encarnar al Pueblo mientras se hacían tontos en su encierro.

El primer grupo de decisiones corrió a su cargo: sólo él y su madre podían salir de la casa, de uno por uno y sólo a hacer compras hormiga y de insumos que no llamaran la atención: nadie podía ni siquiera sospechar en el nuevo barrio que ahí adentro había cuatro personas. Como aquello no era una reunión de olvidados por todos los flujos del mundo, sino una Asamblea, se votó. Favorablemente. Bien, dijo Ladon, y siguió con el programa que había aprendido en quién sabe qué manual impreso en papel revolución. Tenían que mantenerse alerta, por lo que se harían cuatro periodos de guardia inviolables. Se votó favorablemente, con algún desgano. Se establecerían horarios estrictos para que cada quien hiciera ejercicio, siempre dentro de su habitación para no importunar el estudio de los demás. Voto favorable, con las cejas levantadas. Se prohibía el uso de alcohol.

Ahí se registró la primera señal de disenso. ¿Cómo que sin alcohol?, dijo Longinos; sin los jaiboles de la noche los denuncio en dos días y sin el tequila de las doce en uno; y ni modo que comamos las delicias que se ve que nos puede

214

preparar aquí la señora sin vinito. Buscó con la mirada la complicidad de Álistor. El joven ponderó la observación pero no se atrevió a intervenir, a pesar de que desde la noche malpasada en Zacapu había simpatizado intensamente con lo que el viejo llamaba su programa de felicidad a cuentagotas: ¿Para qué preocuparse por la nefasta influencia de las corporaciones si en este instante uno se puede chupar un limón con sal y chile?

Me parece que las reglas están bastante claras, dijo Ladon ante el gesto de rebeldía. Pero el dinero con el que vamos a vivir lo estoy poniendo yo, le respondió el viejo, así que tengo derecho cuando menos a defender mis desviaciones —y mirando hacia la mujer: Si sabré yo de cómo sobrevivir a la manutención de labregones. Técnicamente, respondió el otro, el dinero que nos dejó el Arcángel es un botín de guerra, así que le pertenece al colectivo —Ladon pertenecía al género de los que hablan con mayúsculas y comillas. Pero yo lo conseguí, insistió el viejo, y todavía no es el rescate. Pero no lo habría conseguido si antes no lo hubiéramos secuestrado, así que es de todos. Pues vamos disfrutándolo entre todos: tú gástate tu parte haciendo disciplinas de trapense en napalm y yo me gasto la mía en naderías de señorito. Álistor miró al techo con un aire inquisitivo que hizo pensar a Brumell que ya había decidido de qué lado iba a ponerse, aunque no estuviera listo para revelarlo. Un trapense es un tipo de monje, dijo doña Juana. Ah, agradeció Ladon. Creo que en las últimas horas ha quedado clarísimo que estamos ante la urgencia latinoamericana típica, se repuso, y por tanto no es momento para disidencias. La urgencia tapatía, dirás: aquí no hay ni chilangos, ya olvídate de ecuatorianos. Recuerde que con mayoría simple lo podemos expulsar de la Asamblea. Pero si soy el secuestrado. Con más razón: si su indisciplina impli-

215

ca un riesgo para el colectivo, lo amarramos a su catre. Ya ni pistola tienes, se la entregaste voluntariamente al enemigo. Pero tengo derecho a la coerción. Volteó a ver a su hermano, que no parecía muy dispuesto a comprometerse con el lado duro de la mesa, pero de todos modos añadió: Y nosotros somos dos. Doña Juana intervino mirando a los ojos de su hijo: Hicimos un pacto y estamos vivos gracias a ese pacto; sin la ayuda de don Brumell ya estaríamos en la cárcel, así que no lo vamos a amarrar. Don Longinos, masculló el viejo, agradecido. Ladon se levantó de la mesa furibundo, con lo que se terminó la primera Asamblea. Álistor y Brumell violaron todos los acuerdos saliendo por una primera botella de tequila y de paso averiguaron dónde estaba la carnicería más cercana, de modo que pudieran comprar un poco de chicharrón y unos chiles de árbol para que doña Juana se aplicara preparando lo que el joven llamaba sus legendarios cueritos en vinagre.

Por la noche, frente a unas entomatadas catedralicias –acompañadas por un vino infecto de Baja California que era el único a la venta en la tienda del barrio–, intentaron una segunda forma de organización en la que se hizo evidente que doña Juana ya había mediado con el liderazgo e impuesto su línea histórica. Habría una sola regla: dado que Álistor y Brumell ya habían roto con el primer precepto de seguridad saliendo juntos, en adelante sólo se podría dejar la casa de seguridad en parejas; a menos que fuera necesario que salieran los cuatro.

Ya en un clima más cómodo también pudieron hablar del problema del dinero, bastante más urgente que la cosa latinoamericana. Lo que el Arcángel le había dejado a Brumell no les iba a alcanzar para mucho más que un par de meses –sobre todo, dijo Ladon, con la vida de lord inglés, a la que está acostumbrado el señor–, de modo que había que proceder con el rescate y después separar las ganancias: tres partes para los Justicia y una para Longinos, que estaba más que decidido a hacerse perdedizo en la ciudad de México hasta que se le acabara lo que pudiera bajarle a Isabel y luego regresar a bienmorir a Autlán.

A la mañana siguiente salieron los cuatro a comprarse ropa nueva en los Almacenes Blanco de avenida Universidad, para emprender el secuestro con algún decoro. Nadie se puso nervioso porque hubiera un policía a la entrada del negocio. Hicieron el regreso en taxi, contra la recomendación de Ladon, que se inclinaba por tomar autobuses separados. Después de todo, dijo doña Juana zanjando la discusión sobre metodología, estamos en la capital y en la capital se va de compras en taxi.

Ya con ropa nueva y el refrigerador bien munido, fue más fácil planear el secuestro. Lo hicieron durante la comida, frente a un pollo al pipián con arroz rojo y frijoles, acompañado de un Ribera del Duero que habían conseguido en misión independiente Álistor y el viejo –éste es mucho mejor que el de ayer, comentó el joven mientras ventilaba su copa después del primer sorbo. Ladon, fiel al proletariado, bebía cerveza directamente de la botella.

No pedirían una suma exorbitante porque no se trataba de dejar a la mujer de Brumell en la calle –o que ya no haya dinero en caso de que decida volver como padre pródigo, anotó el viejo–, pero sí lo suficiente para castigarla un tanto por sus maltratos de los últimos años; algo que diera para un retiro modesto para Juana y Brumell, y algunas oportunidades para los gemelos –fundar un negocio o una organización política, que al final terminan siendo siempre lo mismo. Estarían todos juntos hasta que consiguieran el dinero y entonces cada quien agarraría su camino, por seguridad. La última moción fue aprobada por tres votos y la rabia de doña Juana, que dijo: A ver quién les hace sus chilaquiles cuando estén bien segurotes. Ya de malas, se siguió con una verdad candente: ¿Y cómo vamos a pedir el rescate si no hay teléfono? Longinos, ejecutivo no porque lo fuera sino porque no se veía resistiendo meses el aliento a cerveza de Ladon, anunció que después de la siesta él iría a Teléfonos de México a que les conectaran uno. De postre hubo gelatina de colores.

La siesta duró un poco más de lo razonable, por lo que el viejo encontró la oficina de la telefónica cerrada. Como había llevado a Álistor, que ahora lo acompañaba a todo, aprovecharon para comprar una televisión que les permitiera ver la función de box de esa noche: era jueves.

Se desvelaron hasta el extremo de tener que ir en taxi a deshoras por una segunda botella de whisky. La tensión de una pelea de campeonato –aunque fuera del Mantequilla Nápoles, que por entonces todavía se consideraba imposible de ser batido en el ring– podía ser insoportable; luego se quedaron desmenuzando los detalles del combate en el jardín y hasta cantaron algunas rancheras.

Por supuesto Brumell no fue tampoco a Teléfonos de México a la mañana siguiente; Ladon tuvo que hacerlo, solo, de muy mala gana y murmurando: Todo yo, todo yo. Doña Juana lo habría podido acompañar, pero encontraba insoportable la cosita latinoamericana que quién sabe de dónde se había sacado siendo hijo de señora jalisciense y judío ruso de Santiago de Chile –el «Justicia» había sustituido a un apellido entre impronunciable y francamente ridículo. Dada la herencia de sus hijos, le confesó a Brumell durante la botana del mediodía en el jardín, habría sido más coherente que se afiliaran por correspondencia al Partido Comunista francés que a las brigadas de costarricenses a las que ahora quién sabe por qué quieren pertenecer.

A su regreso Ladon estaba todavía peor encarado. Azotó la puerta y se sentó frente a una mesa en la que ya se agotaban las tostadas con nopalitos. Como doña Juana se había unido a la botana y los tequilas desde temprano, ahora eran los tres, y no sólo Brumell y su aprendiz de sibarita, los que ya estaban borrachos. ¿Y ahora?, preguntó la madre arrastrando un poco la lengua y por tanto arrepentida de no haberse mantenido leal al refresco de guayaba de antaño. No va a haber líneas telefónicas hasta el año dos mil treinta, dijo, pero si damos mordida y tenemos una palanca, a lo mejor nos ponen una en seis o siete meses. Creo que el líder del sindicato fue mi cliente, dijo Brumell, ya habitado por el lento sopor de la siesta que iba a seguir a la comida, pero no le podemos hablar si no tenemos teléfono. Álistor roció la mesa con la cebolla y el cilantro de su carcajada. Y de todos modos necesitaríamos una identificación para sacar una línea, ¿no?, añadió la señora, cuyo filo práctico al parecer crecía en proporción a su consumo de tequila. Brumell sacudió lentamente la cabeza en una señal de frustración que a Ladon le pareció francamente hipócrita. En este país de mierda, dijo el joven, no se puede ni secuestrar a un viejo borracho. Vengan las arracheras, demandó Álistor.

A la hora de los plátanos con crema concluyeron que lo mejor era que los hermanos fueran, después de la siesta, a una zona turística en la que hubiera locutorios de larga distancia y desde ahí pidieran el rescate. A Ladon le cayó mal el aguacate por tanta bilis que había hecho en Teléfonos de México. Tuvieron que ir hasta el mediodía siguiente. Dejaron a doña Juana y Brumell ya sirviéndose la botana en la terraza del jardín trasero.

Al verse solos, los viejos descubrieron que no tenían nada de que hablar y que todo el proceso de escape y secuestro había sido en realidad una conversación entre el viejo y los muchachos que ya empezaba a tener tintes interminables. Calcularon cuánto tardarían en cobrar el rescate. Una o dos semanas, pensó Brumell, que conocía de las marrerías de su mujer y suponía que negociaría cada clavo. Confiaba en que Félix –su hijo mayor, explicó– interviniera para acelerar el proceso. Él era el único de los de su tribu al que se le antojaría ver en las vacaciones de vida familiar que estaba por emprender. Doña Juana se le quedó mirando, no porque tuviera una sensibilidad peculiar para escuchar historias, sino porque no tenía nada que decirle. En realidad siempre me tomé periodos de descanso, agregó Brumell, y en uno de ellos tuve una historia de amor digna de ser escrita. Doña Juana miró al piso: Ninguna historia de amor es tan buena que resista ser contada, dijo, y mire que la mía con el padre de los muchachos fue de amor y muerte. ¿Ninguna? Todas son iguales. A lo mejor por eso valen la pena. No, las historias de amor son como los partidos de futbol: pueden ser muy buenos, pero ya contados todos son iguales porque sólo hay tres resultados: ganar, perder o empatar.

Comieron solos y se retiraron todavía solos a dormir la siesta. Me imagino que ya estarán negociando y por eso no regresan, dijo doña Juana, viendo el reloj un poco nerviosamente mientras subían las escaleras para meterse a descansar a su respectivas habitaciones. Hasta entonces Brumell entendió su preocupación. Tengo un amparo firmado por un juez federal debajo de la almohada de mi catre, dijo, así que si no vuelven en un par de horas salgo a buscar un teléfono a la plaza del barrio y llamo a un amigo abogado que tuve en el DF; los saca en diez minutos de donde sea. Si los detienen, respondió doña Juana, créame que no los van a llevar a una cárcel y frente a un ministerio público.

¿Sabe cómo se apellida el presidente de la Suprema Corte? Para lo que me serviría. Villaseñor Brumell, dijo Longinos; los sacamos en diez minutos y los mandamos a Cuba con el dinero que tenemos; de verdad no hay nada que temer. Es que usted siempre ha estado del lado correcto de la línea de la ley, así que no sabe cómo es la justicia en este país para todos los que estamos del otro lado. Usted y sus hijos ya están del mismo lado que yo; no les va a pasar nada. Es que están muy verdes todavía. Si nos estuvieran buscando ya nos habrían encontrado; o de veras usted cree que el pobre de Ladon con sus técnicas de angoleño nos podría salvar de algo. Cómo cree; ¿no le digo que los veo verdes? Al final no es una cuestión de madurez; Pancho Villa o Pascual Orozco eran igual de jóvenes y necios que sus hijos cuando se alzaron. Además mis niños la tuvieron muy difícil: como ni siquiera conocieron bien a su padre, yo les inventé a un héroe del que ya estoy arrepentidísima. Ya pasó la hora del miedo, nomás vamos a darle una exprimidita a la situación, que es lo que sé hacer mejor. Si ya se acabó por qué estamos aquí encerrados —yo estaría mejor en Guadalajara en mi casa y mi ropa para lavar. Estamos aquí para no obligar al gobierno a agarrar a sus hijos; véalo como es: otra estafa, la milésima de mi puta vida; aquí sólo ganan los que entienden que todo es personal y siempre puede haber ganancias para todos. Siquiera ha sido una vida interesante, don Brumell. Longinos está bien; mi vida representa todo lo que está mal en el país. ¿Por eso le preocupan tanto mis muchachos? —no crea que no he notado el cariñito que le va agarrando a Álistor, que no es difícil, y la paciencia que le tiene a Ladon. La mujer se estaba restregando las manos. Brumell le apretó un hombro. Si les iba a pasar algo, les iba a pasar en el último retén; también tienen derecho a darse una vuelta por la ciudad.

Los despertó el sonido de la puerta a media tarde. Llovía fuerte. Ambos viejos salían al quicio de sus respectivas habitaciones cuando los hermanos alcanzaron la planta alta. Venían de un humor espléndido aunque se habían mojado. ¿Buenas noticias?, preguntó doña Juana. Ladon respondió: Dice la señora Isabel Urbina que por el amor de Dios nos quedemos a Longinos, así que estamos pensando en qué hacer con él. Álistor no se podía aguantar la risa a pesar de que tenía conciencia de la gravedad del mensaje que estaban presentando.

Por primera vez en el periodo de intensa convivencia que habían padecido los cuatro, Brumell se quedó sin nada que añadir. No puede ser, masculló. Tal cual, dijo Ladon con una sonrisa insoportable en la cara. Estamos fregados, dijo doña Juana. Ha de estar blofeando para ahorrarse unos pesos, añadió el viejo. No es lo que parecía, dijo Álistor. ¿Tú hablaste con ella? A Ladon le hizo tanta gracia que no quisieran dar nada por usted que tuvo que pasármela. El otro hermano agregó como explicación: Es que cuando me dijo que me daría un dinerito si garantizaba que no regresaba usted a su casa ya nomás no pude. Estamos fregados, repitió doña Juana. Longinos se metió a su habitación y cerró la puerta. Lo que le pareció más humillante de todo fue que, apenas se había tirado al catre, escuchó las carcajadas que la madre de los muchachos había estado conteniendo por pura buena educación.

No bajó a cenar ni a desayunar ni a comer ni de nuevo a cenar. Cuando a media noche estuvo seguro de que todos se habían dormido, salió a hurtadillas y se sirvió un vaso lechero de puro whisky para conciliar siquiera el sueño. Al mediodía siguiente escuchó los toquidos tímidos de doña Juana en su puerta. No estoy, gritó. Ándele: le hicimos cueritos para que vea que nosotros sí pagaríamos su rescate, aunque sea un viejo pomposo al que nadie quiere. Tráigame un güisqui si me quiere tanto, gritó Brumell. Para su sorpresa, se lo llevó al poco rato.

Se tomó un día más para la autocompasión –otro güisqui, gritaba cada tanto y se lo llevaban–, pero volvió a salir: Tengo que hablar con esa hija de la chingada, fue lo único que dijo mientras se ponía el saco azul marino de Almacenes Blanco –tenía tanto poliéster que crujía. Le pidió a los gemelos que lo acompañaran al locutorio. ¿Lleva el amparo?, le preguntó doña Juana en la puerta a manera de bendición. El viejo se dio un par de palmadas en el pecho para demostrar que así era: podía ser un abandonador de mujeres profesional, pero nadie que dependiera de él se la había pasado mal nunca –y a su juicio los Justicia ya contaban como familia– porque también era, como casi todos los que han tenido que aprender con gusto o sin él a ser padres, una máquina de provisión.

Caminaron hasta el centro de Coyoacán para tomar el autobús que los llevara hasta la avenida Río Mixcoac. Como el viejo no había comido nada en varios días, se detuvieron antes a comprar unas papitas y unas cervezas que compartieron en una esquina. Eso le bajó temperatura a la misión. En el centro de Coyoacán tiene que haber un locutorio, dijo Brumell mientras abría ya sin desesperación la segunda bolsa de frituras. Sí, pero no podemos hablar desde tan cerca de la casa de seguridad, le señaló Ladon, dado que lo que estamos haciendo es en realidad un delito federal aunque ya sea puro cachondeo. Pero hay que cruzar un montón de zonas agrícolas para llegar al centro de la ciudad, dijo el viejo. Los hermanos se vieron entre sí con extrañeza, pero dado que Longinos había estado rabiando hasta hacía poco tiempo, no se atrevieron a retar sus percepciones.

Tomaron un autobús a la antigua carretera México-

Coyoacán, que, para sorpresa del viejo, ya no era sino una avenida común y corriente, con casas, tiendas y bancos. En la esquina de avenida México y Río Mixcoac abordaron otro que los dejaría en Florencia y Chapultepec, a unas cuadras del Ángel de la Independencia y todos los locutorios del mundo. Aquí había puras lecherías y campos de girasoles la última vez que vine, dijo el viejo mientras esperaban en la parada junto a una librería; y esa cosa tan horrible y tan llena de coches que ven ahí era un río.

Conforme fueron avanzando hacia el centro de la ciudad por Gabriel Macera, Brumell se terminó de dar cuenta de que el sitio que recorrían ya no tenía nada que ver con la capital de sus apogeos. Lo que antes había sido un hermoso valle más o menos urbanizado y con fincas de campo para los vencedores de la Revolución ahora se llamaba, precisamente, colonia del Valle, y estaba llena de edificios funcionalistas de azulejo. Todavía reconoció algunas de las que habían sido las casas de campo de los generales, en las que había asistido a gentiles saraos que siempre degeneraban en orgías de todo el fin de semana. Alrededor de ellas habían proliferado las casitas y los edificios de una nueva, oficiosa y al parecer asfixiada clase media. Todo eran calles y semáforos, coches, escuelas, supermercados. Carajo, dijo, el producto final de la Revolución fue una cojedera de locos. Ladon por primera vez estuvo de acuerdo con él. Cuando yo venía a trabajar aquí una parte del año, les dijo a los Justicia ya de franco buen humor, la capital se terminaba en Tacubaya. Los hermanos no entendieron con precisión geográfica lo que decía, pero les quedó claro que había habido un momento en que la ciudad había tenido un final claro y discernible; una frontera donde empezaban los campos. La última vez que vine, les dijo, fue en el cuarenta y nueve. Todavía no se publicaba *Rayuela,* dijo Ladon. ¿Qué es eso?, preguntó Brumell. El joven se alzó de hombros; una novela. Ya. Cruzaron el viaducto. Cuando yo era un abogado con lustre, les dijo, este paso a desnivel era un puente y eso que va ahí abajo el río Piedad, que todavía llevaba chinampas en las que se vendían flores.

Al cruzar Puebla señaló hacia el oriente de la avenida de manera vaga y dijo: Ahí estaba mi despacho, en el que casi nunca llevaba ningún caso porque en realidad era la leonera en la que le embarré cada gota del alma a la Flaca Osorio. Ahí los gemelos mostraron interés de verdad. ¿La Flaca Osorio?, preguntaron al mismo tiempo. ¿La conocieron? Pus cómo no, si era la primera mujer del teniente coronel Jaramillo, azote de la derecha universitaria hasta el último día de su vida —dijo Ladon—; cuando se murió el viejo ella tomó todas sus causas. Y hermana de Reina Osorio, anotó Brumell. Diva de México, completó Álistor; ¿es cierto que de joven la Flaca era más guapa que Reina? Era la mujer más bella del mundo. ¿Y cómo fue que vino a acabar con una doña que no quiere ni pagar su rescate?, preguntó Ladon. Brumell se quedó callado un momento: Si ustedes dos hubieran tenido una vieja de verdad, dijo después de pensárselo muy bien, no necesitarían la Revolución. Dale con la Revo, ya bájele, ¿no?

Ya cerca de avenida Chapultepec señaló un callejón más bien muy sórdido, cuajado de putas aunque apenas pasara el mediodía. Ahí estaba el Rossignac, dijo, donde celebramos la tornaboda de Reina Osorio y Agustín Lara. ¿Usted fue a la boda? Estuvo recia. En las reuniones de la Liga decían que «Piensa en mí» se la escribió a la Flaca y que Reina no le perdonó nunca que la mejor canción jamás escrita se la hubieran dedicado a su hermana y no a ella. Es un chisme sin pies ni cabeza; la Flaca era demasiado rara para enredarse con el cara de cuchillo. Más respeto, dijo

Ladon. Se me hace que nos está cotorreando, agregó Álistor. Brumell se llevó la mano a la bolsa interior del saco y extrajo su cartera. Hurgó en ella por tanto tiempo que casi pierden la parada. Ya en la esquina de Florencia y Chapultepec, del lado de la colonia Juárez, les mostró una foto, enmicada como si fuera la estampa devocional de una virgen. En ella aparecía un Longinos extraordinariamente apuesto, de traje oscuro y sombrero, bigote fino y perfectamente recortado, cigarro colgando desdeñoso de una mueca satisfecha. Iba del brazo de una Flaca Osorio calada en un traje estrecho y de escote amplio, también con un sombrero claro ladeado. Ambos aparecían en la fotografía de perfil, caminando con las cabezas alzadas y la vista puesta en un sitio que también estaban listos para apropiarse. Los hermanos la vieron con cuidado: era el mensaje en una botella de otro mundo, quién sabe si mejor o peor, pero que evidentemente explicaba al viejo caprichoso con el que se habían quedado trabados inesperadamente al intentar hacer otra cosa.

Nos la tomó un fotógrafo callejero afuera de Correo Mayor, les explicó Brumell, ya transformado en otra persona, mucho más contenta consigo misma a pesar de todo, infinitamente más despierta y convicta por lo que sea que lo mueve a uno. Un día el fotógrafo me reconoció al paso y me la vendió; la Flaca ya nunca la vio, para entonces ya la había dejado para regresar con la hija de chingada de Isabel. ¿Usted dejó a la Flaca? Por digno y por pendejo. ¿Y el teniente coronel qué? No sé. Órale. Eso no lo van a entender ustedes nunca porque su Revolución ya está derrotada, pero el mundo era nuevo de verdad y nadie nos lo disputaba. Ahora es usted el que se está poniendo necio, anotó Ladon.

Caminaron hasta el locutorio telefónico en silencio.

Los gemelos respetando el momento de introspección del viejo porque suponían que su repentino mutismo implicaba que se había hundido en un duelo que nunca había terminado de pasar.

¿Entonces hay rajadas que nomás no cierran?, le preguntó Álistor cuando ya iban llegando, como para facilitar la vuelta a la realidad. No estaba pensando en eso, dijo Brumell, sino en que nomás me falta volver a caer en los brazos de la arpía de Isabel por miedo a quedarme sin dinero. ¿Por eso dejó a la Flaca? O que la chingada; vayan ustedes a saber por qué dejé a la Flaca, igual era casada y yo también. ¿Entonces? Mejor ya que estemos adentro comuníquenme con el Señor de las Matas y le voy a dar el sí para un negocio que me anda proponiendo desde hace rato. ¿Y a qué teléfono le hablamos? Yo qué sé, consíganlo; seguro el que les dio la granada que aventaron al Consulado gringo se la compró a él. Y ya que lo consigamos, ¿qué? Los saqué de una grande o no, señores. Ei, reconocieron al mismo tiempo. Entonces ayúdenme a conseguir el teléfono del Señor de las Matas y me canso que los saco de pobres a ustedes y a su madre, que es una santa a la que no se merecen.

Dos días más tarde llegó a la casa de seguridad del barrio de Los Reyes la flamante primera pickup con la batea repleta de paquetes de marihuana prensada en ladrillos de un kilo exacto cada uno. Los paquetes apenas iban cubiertos por una lona y los entregó el Señor de las Matas mismo, acompañado del agente de Seguridad Federal al que el Arcángel había sometido mediante el amparo firmado en las condiciones más irregulares en toda la historia de la dudosa justicia mexicana. Salieron todos a la calle a recibirlo.

Después de las presentaciones de rutina y el largo abrazo con que se saludaron Brumell y Balassa, el capo le dijo a los muchachos: Aquí el comandante Trujillo los va a escoltar hasta la frontera cuando estén listos para empezar. Cruzan todo esto como puedan, le dan el dinero a Trujillo cuando ya hayan acomodado la mercancía y se regresan en la camioneta, que se pueden quedar de regalo. Tienen que ser muy escrupulosos con las cuentas. Si a nosotros también nos salen, les doy su parte en Guadalajara.

Cuando por la noche los gemelos ya se habían ido a la cama, doña Juana le preguntó a Brumell si estaba seguro de que el negocio no iba a salir peor que lo de ser guerrilleros. Los que reciben la droga allá también son policías, le respondió, así que no hay pierde. Longinos se levantó a preparar un par de whiskys. El mundo está cambiando, agregó, hay que ponernos al día. Doña Juana se alzó de hombros. ¿Usted sabrá tomar dictado?, le preguntó a la vieja. Fui secretaria antes de lavar ajeno, le respondió. Vamos a tener tiempo de aquí a que vuelvan los muchachos.